DROEMER

SIMONE BUCHHOLZ

Bullenpeitsche

KRIMINALROMAN

DROEMER

Besuchen Sie uns im Internet:
www.droemer.de

FSC
www.fsc.org
MIX
Papier aus verantwortungsvollen Quellen
FSC® C083411

Umschlaggestaltung: ZERO Werbeagentur, München
Umschlagabbildung: Gettyimages / Stone / Richard Ross;
Gettyimages / Tobias Helbig
Satz: Adobe InDesign im Verlag
Druck und Bindung: CPI books GmbH, Leck
Printed in Germany
ISBN 978-3-426-22643-8

2 4 5 3

Für Bruce Wayne und seinen Vater

Wenn du die Dämmerung überstehst,
dann wirst du auch die Nacht überleben.

Dorothy Parker

PROLOG

★ ★ ★

Hamburg-Altona, Samstagabend, kurz nach 19 Uhr. Eine Drei-Zimmer-Altbauwohnung, die dringend mal saniert werden müsste, aber dafür fehlen das Geld und die Zeit. Am Küchentisch sitzt ein junger Mann und lächelt. Er betrachtet seine Frau, die mit der gemeinsamen Tochter auf der Couch lümmelt, dicht an dicht, unter eine Decke geschraubt. Das *Sandmännchen* ist gerade vorbei. Die junge Frau liest dem kleinen Mädchen noch was vor: Der Tiger ist krank, und der Bär macht ihn gesund.

»Mama?«

»Ja, meine Süße?«

»Musst du gleich los?«

»Ja, muss ich.«

»Wann kommst du wieder?«

»Morgen früh um acht, wenn ihr aufsteht, du und Papa, dann bin ich schon gleich wieder da.«

Das Mädchen greift nach dem langen blonden Zopf der Mutter und spielt damit.
»Und wenn ein böser Räuber kommt, hast du dann eine Pistole?«
»Ja, mein Herz, dann hab ich eine Pistole. Aber meistens geht's auch ohne. Mach dir keine Sorgen.«
Der Tiger ist wieder gesund, die Frau klappt das Buch zu. Sie gibt ihrer Tochter einen Kuss, steht auf, der Mann begleitet sie zur Tür, wo sie ihre Stiefel und die Uniformjacke anzieht, die aus Leder, es soll wieder die ganze Nacht regnen.
»Pass auf dich auf«, sagt er und küsst sie auf die Stirn. Das ist ein Ritual zwischen den beiden. Der Kuss auf die Stirn soll die Frau beschützen.
»Mach ich doch immer«, sagt sie, und auch dieser Satz ist ein Ritual.
Würden sie es mal anders machen, wären sie beunruhigt.
»Gute Nacht«, sagt sie, als sie die Tür aufmacht, »schlaft schön, ihr beiden«, und da ist sie auch schon auf der Treppe.
Das mag er besonders an ihr. Mochte er schon immer. Ihr leicht erhöhtes Tempo, ihre zarte Entschlossenheit. Wie sie alles einfach so nimmt, mitnimmt, leicht, mit einem Lächeln und ohne zu zögern.
Später, als die Kleine schläft, steht er noch lange am Fenster und schaut in die hell erleuchtete Nacht. Er hat es ihr noch nie gesagt, aber wenn sie Nachtdienst hat, macht er kein Auge zu.

Hamburg-Lokstedt, Samstagnachmittag, ein Mann im Nieselregen. Der Mann ist um die sechzig, er kniet in seinem Garten und zieht Löwenzahn aus den Blumenbeeten. Der Scheiß wächst wie die Hölle in diesem feuchten Wetter. Na ja. Der Regen ist wenigstens gut gegen Blattläuse. Die mögen das nicht, wenn es immerzu regnet. Außerdem hat er in diesem Jahr vorgesorgt: An den Rosen stehen kleine Lavendelpflanzen, und die Marienkäferlarven, die er auf all seine Blühpflanzen gesetzt hat, futtern sich kräftig durch die Läuseklumpen. Die werden ihm seinen Ruhestand nicht versauen. Noch zwei Monate. Dann ist es geschafft. Seine Rente wird nicht besonders luxuriös sein, aber das Häuschen ist abbezahlt. Und seit seine Frau vor fünf Jahren gestorben ist, braucht er nicht mehr viel. Ein bisschen was für die Enkel, für ein Eis oder ein paar Zoobesuche, das ist schon drin. Er muss grinsen. Seine beiden Kinder, die freuen sich am meisten auf seine Pensionierung. Dann gibt's den Babysitter endlich auch nachmittags. Ja. Er freut sich auch.

Mit Schwung macht er sich an die letzten drei Löwenzahnnichtsnutze. Zack, zack, zack. Dann *Sportschau,* dann Nachtstreife mit Britta. Gutes Mädchen. Die Nachtschichten mit Britta, das wird er vermissen.

»Den jungen Hüpfer, der dein Nachfolger wird, den werd ich mir erst mal ordentlich zurechtbiegen«, hat sie neulich gesagt, und dann haben sie so gelacht zusammen, und dann sind sie Pommes essen gegangen, morgens um vier.

Er quält sich aus der Hocke hoch. Die rechte Kniescheibe macht ihm zu schaffen. Die Fresse von dem

Idioten, der ihn damals vor zwanzig Jahren angeschossen hat, die wird er nie vergessen. Deshalb ist er im Streifendienst geblieben, hat sich nie an den Schreibtisch versetzen lassen. Weil er immer gehofft hat, dem noch mal zu begegnen, und dann wäre aber was los gewesen, mein lieber Scholli. Hm. Wird wohl nichts mehr werden mit seiner kleinen Rache. Auch gut. Man wird ja gnädig im Alter.

I.

Traurig am Strand

* * *

Im Gefängnis wird gebaut. Keine Ahnung, was die da machen, am Sonntagmorgen um acht, aber es hört sich nicht gut an. Es hört sich an, als würden sie den Wachturm absägen. Böses, böses Geräusch: Metall auf Beton, und dann durch bis zum Knochen. Noch einen Tick lauter, und das Gesäge wäre in der Lage, etwas in mir zu zerreißen. Einen Muskel oder eine Sehne oder das kleine blaue Glück, das sich in meinem Bauch breitmacht, wenn ich laufe. Ich ziehe das Tempo an, mache einen Sprint entlang der Knastmauer, und es wird etwas erträglicher. Ich drehe mich um und laufe ein Stück rückwärts. Ich sehe mir die roten Klinkermauern der schweren, alten Untersuchungshaftanstalt an, die vergitterten Fenster. Ich muss an die Gesichter dahinter denken. Wie sie rauskucken auf die Arbeiten in ihrem Hof. Durch die Gitter. Wie sie so lange auf die hohen Mauern mit den Stacheldrahtspiralen schauen, bis der Stacheldraht zurückschaut. Wie sie die ganze Zeit zuhören müssen und nicht weggehen können. Manche Geräusche sind so nervig, als wären sie allein dafür auf der Welt, Menschen zum Ausflippen zu bringen.

Irgendwie ist das doch alles kein Wunder.

Ich laufe den kleinen Hügel runter, an den Jasminbäumen vorbei und an den bunten Frühsommerblumen, über die ich mich immer freue, von denen ich aber nicht weiß, wie sie heißen. Eine Schande, so was nicht zu wissen. Scheiß Stadtkind. Ich laufe durch die Unterführung und über die für so einen schönen Park viel zu hässliche Brücke, klassische 80er-Jahre-Verbockung. Unter der Brücke dümpelt ekliges, schwarzstinkendes Wasser in einem schmalen Kanal. Das Wasser ist seit Wochen umgekippt, seit es Ende April ein paar Tage so heiß war. Da könnten sie sich ruhig mal drum kümmern, die Herrschaften vom Grünflächenamt. Als ich in dem Teil mit den großen, saftigen Wiesen und den Entenfamilien ankomme, ziehe ich mir meine Kapuze über den Kopf. Der Regen nimmt wieder Fahrt auf. Balanciert auf der Grenze zwischen ignorierbarem Nieselregen von allen Seiten und Jetztaberwirklichregen von oben. Hamburger Mai. Unverschämter Hamburger Mai. Ich meine: dass der sich das traut.

Mein Telefon klingelt.

Der Calabretta ist dran.

»Chef!«

Es ist laut und hektisch am anderen Ende der Leitung, ich höre Männersohlen übers Laminat flitzen, und ich höre den Inceman reden, der telefoniert auch mit irgendwem. Die Kripomänner sind aus ihrer zähflüssigen Sonntagsbereitschaft geschreckt worden, rennen jetzt durch die Gänge des Präsidiums und sind auf dem Weg zur Tiefgarage. Ein paar nicht mehr ganz junge Mustangs, die Nüstern blähend. Ich lege auch schon mal einen Zahn zu und frage:

»Was ist passiert?«

»Schießerei in den Elbvororten!«

So wie mein italienischer Kollege schnauft, sollte er demnächst vielleicht mal ein paar Runden mit mir im Park drehen. »Es hat zwei Kollegen erwischt.«

Puh.

»Wo genau?«

»Am Jenischpark, schräg gegenüber vom Fähranleger«, sagt er.

Oha. Feine Ecke. Da hat man's eigentlich nicht so mit Schießereien. Und tote Polizisten sind ja generell ganz schlecht. Mir zieht sich eine sehr dünne, aber sehr effektive Schlinge um den Hals.

»Ich bin in zwanzig Minuten da«, sage ich, lege auf und gebe Gummi. Die Enten watscheln durch den inzwischen klatschenden Regen und sehen mich an, als wäre ich ihnen vollkommen fremd.

☆

Ich hab fast immer Glück mit Taxifahrern. Ich gerate meistens an die Profis. Die ohne digitale Assistentin den schnellsten Weg ans Ziel finden und Stimmungen lesen können. Die wissen, ob geredet werden darf oder nicht. Der Mann vor mir trägt flusige Haare zu speckiger Baseballkappe und Siebentagebart und hat noch kein Wort gesagt. Er hat nur die Augenbrauen hochgezogen und genickt, als ich gesagt habe, wo ich hinmöchte. Dann hat er seine Musik wieder aufgedreht, irgendwas mit Gitarren, und Gas gegeben.

Manchmal glaube ich, das Schicksal weiß, dass ich amateurhaftes Verhalten nur in der Liebe abkann.

Der Regen hat ein bisschen nachgelassen, aber ein Durchbruch ist es nicht. Das geht schon seit Tagen so. Der Himmel hängt den Menschen bis auf die Schultern, und die Schultern hängen ihnen bis auf die Knie, und ganz Hamburg bewegt sich wie sediert im immer gleichen Beat: di-prassel, di-prassel, di-platsch. Di-prassel, di-prassel, di-plitsch. Und nochmal von vorne. Di-prassel, di-prassel, di-platsch. Di-prassel, di-prassel, di-plitsch. So geht das ununterbrochen. Gar nicht so leicht, da bei der Sache zu bleiben. Nach zwei Minuten Aus-dem-Fenster-Kucken fühlt sich mein Gehirn an wie durch den Mixer gejagt. Nach zehn Minuten Fahrt am Elbufer entlang, vorbei an Villen, die eher Schlösser sind, fährt mein Taxifahrer rechts ran, um mich rauszulassen. Direkt vor uns: trauriges Blaulicht auf einem schräg geparkten Streifenwagen ohne Polizisten, dahinter die Dienstfahrzeuge der Kripo und die Reste vom Notarztwagen, die Bestatter sind unterwegs. Eingerahmt wird das Ensemble von mehreren Polizeitransportern, aus denen vor nicht allzu langer Zeit eine halbe Hundertschaft gesprungen ist, um den Park zu sichern. Eine schnelle, große Jagd, in der Hoffnung, das Böse einzufangen. Das laute, bildliche, medienwirksame Programm. Was halt so angepfiffen ist, wenn Polizisten ums Leben gekommen sind. Um den Leuten zu zeigen: Die Welt wackelt, aber eure Sicherheit wackelt nicht.

Ich werfe einen Blick in Richtung Park und sehe sie an unzähligen Stellen durch den Regen marschieren. Dunkelblaue Polizeisoldaten mit Helm und kugelsicherer Weste und Schlagstock, die wissen, dass so ein plötzlicher Tod genauso gut sie hätte treffen können. Das ist der Dreck an diesem Beruf, den alle immer ganz weit wegschieben und an den keiner erinnert werden will.

Ich klaube meinen Kopf zusammen, zahle meine Rechnung und steige aus.

Sie haben die Toten mit dicken dunkelgrauen Plastikfolien abgedeckt, um sie vorm Regen zu schützen. Dass in diesen Minuten die Kälte in ihre Körper kriechen wird, kann nichts und niemand verhindern. Ich hoffe inständig, dass die beiden Kollegen nicht ganz so jung waren. Und dass keine Frau dabei war. Keine Ahnung, warum ich das jetzt hoffe, es gibt ja im Tod keine Schlimmheitshierarchie, alle, die sterben, hinterlassen bei irgendwem einen grauenvollen Schmerz. Aber das geht mir eben so durch den Kopf.

»Sie hat eine kleine Tochter«, sagt der Calabretta, es hört sich an wie ein Vorwurf. »Und er wäre in zwei

Monaten pensioniert worden, nach vierzig Jahren Streifendienst.«

Der Calabretta steht ganz dicht dran an den beiden. Der alte Wachhund. Ich schäme mich für mein blödes Hoffnungsgespinst und lege ihm die Hand auf die Schulter. Seine Schulter fühlt sich an, als wäre sie aus Blei, hart und auf dem Weg nach unten. Meine Hand ist vermutlich auch nicht viel leichter. Ich nehme sie wieder weg. Ich nicke dem Schulle und dem Brückner zu. Sie stehen ein Stück weiter weg und tragen ihre Friesennerze, der Schulle einen dunkelblauen, der Brückner einen dunkelgrünen. Sie haben die Hände tief in die Manteltaschen gedrückt und machen kleine, dünne Gesichter, nass vom Regen, der ihre Sommersprossen verwischt. Sie reden mit einer älteren Dame im silbernen Regenmantel. Ein passender Schirm schützt ihre ondulierten Locken. Der Schulle macht sich Notizen. Der Inceman lehnt baumhoch an einem schwarzen Dienstfahrzeug und redet mit dem Chef unserer Spurentruppe. Er hat den Kragen seiner braunen Lederjacke hochgeschlagen, und er ist der Einzige hier, dessen Gesicht durch den Dauerregen nicht einfach nur nass wird. Es glänzt. Eine seiner schwarzen Strähnen hat sich gelöst und fällt ihm in die Stirn. Dieser Mann ist so schön, dass es mich in Stücke reißt, wenn ich ihn zu lange ankucke. Er sieht mich nicht, oder er will mich nicht sehen, das ist mir nicht so richtig klar. Ich hab in den letzten Monaten immer mal wieder halbherzig versucht, herauszufinden, wie das jetzt genau ist. Schwierig, wenn man so überhaupt nicht miteinander redet.

Und wenn ich doch ab und an mal einen Blick von ihm fange, dann geht der ungefähr so: Mit dir bin ich fertig. Geh weg.
Hat er ja auch recht.
»Wie ist das passiert?«, frage ich den Calabretta, und für einen kurzen Moment meine ich nicht nur die Schießerei, sondern auch das mit mir und dem Iceman, wobei ich nicht glaube, dass mein italienischer Kollege mir da großartig helfen könnte.
»Wir haben eine Zeugin«, sagt der Calabretta und bringt mich wieder in die Spur, »die stand gerade auf der alten Mole am Wasser und hat gesehen, wie der Streifenwagen kam. Die Kollegen sind raus und haben Kontakt zu einem Mann aufgenommen, der vorm Jenischpark wie wild auf und ab lief.« Er wischt sich den Regen von den Augenbrauen. »Haben Sie mal eine Zigarette?«
»Klar.« Ich fummele zwei Luckys aus meinem Kapuzenpulli und gebe eine dem Calabretta. Er gibt mir Feuer und zündet sich umständlich seine Kippe an.
»Ich dachte, Sie rauchen nicht mehr«, sage ich.
»Tu ich auch nicht«, sagt er.
»Nur am Tatort, oder was?«
Er kuckt mich ordentlich schief an.
»Sagt die, die ihren Stoff sogar in Sportklamotten mit sich rumschleppt?«
»Ich bin süchtig«, sage ich, »ich darf das.«
Der Calabretta serviert mir ein verächtliches »Pffh!«, zieht die Augenbrauen noch dichter zusammen, als sie eh schon sind, und sagt:

»Der Typ eröffnete ganz plötzlich und sehr gezielt das Feuer, offensichtlich mit einer automatischen Waffe. Die beiden hatten keine Chance.«
Er zieht den Rauch tief in seine Lungen und muss ein bisschen husten.
»Dann ist er durch den Park abgehauen.«
»Und?«, frage ich.
»Was, und?«
»Wie geht's Ihnen so?«
Er lässt die Hand sinken, in der er die Zigarette hält, er lässt die Regentropfen auf seinen Kopf fallen, er lässt die Schultern hängen, er sagt:
»Da will ich nicht drüber nachdenken.«
»Kannten Sie die beiden?«, frage ich.
Er schüttelt den Kopf.
»Nein. Aber darum geht's ja auch nicht.«
Natürlich nicht. Es geht darum, dass die beiden einfach nur ihren Job gemacht haben und dabei absolut mitleidlos umgemäht wurden. Zack, tot, vorbei, Leben beendet, innerhalb von Sekunden. Eine junge Frau, die eine Familie hinterlässt, und ein Mann, der seine Ruhe vor sich hatte. Ausradiert. Und was bleibt, sind Tränen. Der Calabretta will nicht drüber reden, das sehe ich ihm an.
»Wieso waren die Kollegen überhaupt da?«, frage ich und rücke ein Stückchen näher an ihn ran, aber so, dass er's nicht merkt.
»Ein Spaziergänger hatte bei der Polizei angerufen«, sagt der Calabretta. »Der mutmaßliche Täter hat sich wohl auffällig und ziemlich nervig verhalten. Hat Leu-

te bepöbelt und sie angeschrien, sie sollen abhauen und so.«

»Haben wir den Spaziergänger?«, frage ich.

Der Calabretta schüttelt den Kopf.

»Leider nicht. Er hat von einer Telefonzelle aus angerufen und wollte seinen Namen nicht sagen. Lassen Sie uns mal hören, was die Zeugin so draufhat.«

Er zieht noch mal an seiner Zigarette und raucht sich aus Versehen in die Augen. Er schüttelt den Qualm ab, murmelt irgendwas vor sich hin und drückt die Kippe an seiner nassen Schuhsohle aus. Er steckt den Rest in seine Jackentasche und geht rüber zu den Kollegen Schulle und Brückner. Ich rauche weiter und komme mit.

Die Frau in dem silbernen Mantel ist von einer Eleganz durchdrungen, die ich an mir so nie erleben werde. Und auch an niemandem, den ich kenne, außer natürlich am Inceman. Die Frau kommt aus echt gutem Stall. Elbvorortegewächs. Die jungen Leute bei uns im Viertel nennen so was: Elbschleiche. Oder Perlenohrring. Polizisten nennen sie Schnittlauch, aber da finde ich Perlenohrring auf jeden Fall schlimmer.

Sie ist zurückhaltend, aber unübersehbar geschminkt, ein bisschen Rouge, ein bisschen Lippenstift, ein bisschen alles, und das in zartem Rosenholz.

Der Calabretta stellt mich vor, sie gibt mir freundlich die Hand, aber sie lässt mich unerbittlich spüren, dass sie es unmöglich findet, wenn Staatsanwältinnen an Tatorten in Jogginghosen auftauchen und rauchen und so ein Gesicht machen und haben und überhaupt. So schnell es die Etikette erlaubt, wendet sie sich wieder den netten blonden Herren in den hanseatischen Mänteln zu.

»Wissen Sie, ich glaube wirklich, der Mann stand unter Drogen. Ach was, ich bin mir da ganz sicher. Drogen. Definitiv. Der war ja ganz außer sich.«

»Von wo genau haben Sie ihn noch mal beobachtet?«, fragt der Calabretta.

»Na, von meinem Platz aus«, sagt sie, »da hinten auf der Mole.« Sie bekommt einen eigentümlichen Gesichtsausdruck. Versucht wohl, ihre Stirn in Falten zu legen. Geht aber nicht so gut. Die Stirn sieht aus, als stünde sie schon seit sehr langer Zeit unter dem Einfluss von Nervengift.

»Die Mole ist übrigens gesperrt«, sagt der Schulle, »da darf man gar nicht rauf.«

»Das ist mein Platz, seit ich denken kann«, sagt sie. »Da hab ich freie Sicht auf meine Schiffe.«

Mein Platz. Meine Schiffe. Coole Haltung.

Der Calabretta kuckt den Schulle an. »Haben wir alles?«

Der Schulle nickt.

»Gut«, sagt der Calabretta, und zu der Frau im silbernen Regenmantel sagt er: »Vielen Dank. Wir melden uns noch mal bei Ihnen.«

Sie wirkt ein bisschen beleidigt, dass sie nicht mehr gebraucht wird, zieht die Augenbrauen hoch, sagt »Na dann« und macht sich strammen Schrittes wieder auf den Weg zu ihrer Mole. Fünf Minuten später steht sie kerzengerade auf dem halb verfallenen Steinwall und lässt huldvoll die Schiffe vorüberziehen. Manchmal winkt sie. Der Regen hat zwischen den Menschen und den Schiffen ein so dichtes Netz aus Wasser gebildet, dass ich nicht erkennen kann, ob jemand zurückwinkt.

»Also«, sagt der Schulle und schlägt in seinem karierten Block ein paar Seiten zurück, »wir haben Folgendes: Der Täter ist 25 bis 35 Jahre alt, ungefähr eins neunzig groß. Er ist von kräftiger, bulliger Statur, unsere Zeugin fand ihn stiernackig. Er hat schwarzes, sehr kurz geschnittenes Haar und spricht mit Akzent, den die Zeugin aber nicht genau zuordnen konnte. Sie tippt auf irgendwas Osteuropäisches. Zur Tatzeit trug er eine schwarze Lederjacke, ein schwarzes Hemd, eine schwarze Hose und schwarze Schuhe. Der Mann war allein. Er trat aggressiv auf, schrie und pöbelte in der Gegend herum und lief vor dem Jenischpark auf und ab, als gelte es, den zu bewachen. Nachdem er mit dem Kugelhagel auf unsere Kollegen fertig war, ist er in die Richtung verschwunden.« Der Schulle zeigt mit dem Daumen über die Schulter zum Park.

»Konnte die Frau sehen, wo genau er hingelaufen ist?«, fragt der Calabretta.

Der Schulle schüttelt den Kopf. »Sie hat ihn nur zwischen den Bäumen verschwinden sehen.«

»Und sie ist ja offensichtlich überzeugt davon, dass der Typ unter Drogen stand«, sage ich. »Nehmen wir das ernst?«

»Sie war vehement in ihrer Behauptung«, sagt der Brückner. »Und mit dem muss schon irgendwas nicht gestimmt haben. Das hat auch der Anrufer angedeutet. Unser Mann hat sich wohl verhalten wie ein Wahnsinniger.«

Wir schauen alle noch mal zum Jenischpark, als wäre da noch was, was wir wissen müssen. Bis auf die überall verstreuten Beamten der Hundertschaft liegt der Park still und friedlich und satt und grün und so was von gepflegt da, dass sich sogar die vielen Polizisten schmerzlos ins Bild fügen. Als könnte der Park alles heile machen. Wie aus dem Herzen eines Dichters geflossen und dann noch ordentlich Geld rübergekippt, damit auch wirklich nichts mehr schiefgehen kann. Ich glaube, hier wird einmal die Woche gebügelt.

»Okay«, sagt der Calabretta, über ihm der dicke Himmel. »Der Schulle und ich kümmern uns um die Angehörigen.«

Er kuckt den Brückner an.

»Sie und der Kollege Inceman durchkämmen bitte noch mal in Ruhe den Park, wenn die anderen damit durch sind. Am besten machen Sie das gemeinsam mit den Spurenprofis. Vielleicht gibt es noch was, das wir erst sehen, wenn hier die Hektik raus ist.«

»Und ich stricke uns eine Sonderkommission zusammen«, sage ich, »wir starten heute Nachmittag um 14 Uhr im Präsidium.«

»Soll ich Sie in der Staatsanwaltschaft abliefern?«, fragt der Calabretta.

Ich schüttele den Kopf. »Danke, ich nehme das Schiff. Ich muss auch noch mal zu Hause vorbei und duschen.«

»Wär wahrscheinlich besser«, sagt der Brückner, aber ich trete ihm dafür nicht ans Schienbein. Ich ziehe Leine und mache mich auf den Weg zum Fähranleger.
Der Leichenwagen ist da. Du kannst die Toten wegbringen, aber verschwinden lassen kannst du sie nicht.

☆

Bei uns auf Sankt Pauli sind die Häuser in bunten Farben gestrichen, alles rauscht wild durcheinander. Hier unten am Wasser ist das Leben eine Nummer diskreter und aufgeräumter. Hellgrau, vanillegelb, Eierschale. Und vor den Häusern stehen dicke, hohe Mauern. Falls das Wasser steigt. Falls die Blicke stören. Falls das Geld wegwill. Ich weiß nicht. Für mich wäre das nichts.
Der Fähranleger schwankt im Wasser. Keine Fähre in Sicht. Aber dafür Enten und Möwen, eine ganze Bande. Sie sammeln sich auf einem Stückchen Sandstrand, das sich unterm Steg gebildet hat. Sie stehen da, bewegen sich eher wenig und lassen sich den Regen auf den Kopf fallen. Als wäre das eine Art Pausenstation. Ein fauler, unbeobachteter Winkel ihres Vogeltages. Würde mich nicht wundern, wenn die eine oder andere hier heimlich rauchen würde.
Ich zünde mir eine Zigarette an, laufe über den nassen, knirschenden Sand, stelle mich dazu und schmeiße ein »Darf ich?« in die Runde.
»Wegen mir gerne«, sagt eine Frau.

Ich drehe mich um und sehe sie unterm Steg auf einer Plastiktüte sitzen. Eine sehr schöne, ziemlich kleine Frau mit glänzendem kastanienfarbenem Haar. Sie trägt einen hellgrauen, teuren Mantel, eine schmale schwarze Hose und für dieses Wetter nicht geeignete zierliche Lackschuhe, die unverständlich sauber sind. Ihr Gesicht ist so klein und glatt und unverwüstet wie ihre Schuhe. Ihre Haut ist makellos und olivfarben. Sie lächelt mich an. Zu ihren Füßen sitzt ein Hund. Der Hund ist ein bisschen dicklich und hat zu viel schwarzes Fell. Er kuckt aufs Wasser und sieht sehr traurig aus. Hunde sehen ja schnell mal traurig aus, aber der Ausdruck in den Augen dieses Hundes hier sprengt alles, was ich bisher an Hundekummer gesehen habe.

»Was hat er denn?«, frage ich.

»Depressionen«, sagt sie, »schon seit Jahren. Der Tierarzt sagt, da kann man nichts machen.«

Sie hat eine dunkelbraune Stimme, mit einem ganz leichten französischen Akzent.

Ich setze mich neben die beiden und biete ihr eine Zigarette an.

»Danke«, sagt sie, »ich rauche nicht. Aber er hätte sicher gerne eine.«

Ich ziehe die Augenbrauen hoch, sie lächelt mich an, nimmt eine von meinen Luckys, zündet sie ungeschickt an und steckt sie ihrem schwarzen Fellfreund zwischen die Lippen. Der Hund gibt ein Geräusch von sich, es hört sich an wie ein Seufzen.

»Trinkt er auch?«, frage ich.

»Nein«, sagt sie und lacht. Ich finde meine Frage jetzt gar nicht so abwegig.
»Das Nikotin beruhigt seine Nerven«, sagt sie. »Das ist mir irgendwann klargeworden, als er sich immer wieder in der Nähe von Rauchern aufgehalten hat. Mein Mann hat sich dann mal einen Scherz erlaubt und ihm eine Zigarette ins Maul gedrückt. Es hat funktioniert. Es geht ihm besser, wenn er raucht.«
»Warum ist er depressiv?«, frage ich.
»Er und seine Schwester sind als Welpen gemeinsam zu uns gekommen, aber seine Schwester starb, als er ein Jahr alt war. Der Tierarzt glaubt, dass es etwas damit zu tun haben könnte.«
»Was macht er denn sonst so, außer aufs Wasser zu starren?«
»Nicht viel«, sagt sie. »Und Sie?«
»Ich würde gerne öfter aufs Wasser schauen«, sage ich.
»Ja«, sagt sie, »aufs Wasser schauen ist gut für die Seele. Manchmal denke ich, dass ich den depressiven Hund vielleicht deshalb bekommen habe. Damit ich niemals aufhöre, aufs Wasser zu schauen. Kommen Sie gerade vom Sport?«
»So ähnlich«, sage ich. Ich sehe sie an, ihren freundlichen Glanz, ihre wärmende Dunkelheit, und etwas in mir ploppt auf. Ich würde ihr gerne von den beiden toten Polizisten erzählen, von dem dumpfen Schmerz, der so was jedes Mal begleitet, ich sehe sie weiter an und merke, wie sich meine Zunge weiter lockert und auch der Rest, und ich möchte ihr am liebsten von allem erzählen, von all den Schmerzen und Gräben in

mir, keine Ahnung, warum. Diese Frau kommt mir vor wie eine Erscheinung, ein Wesen aus braunem Licht, das sich um verfinsterte Seelen kümmert, um die Menschen wie die Hunde. Der Engel von Teufelsbrück.

Ich reiße mich zusammen, wir schweigen und schauen aufs Wasser.

Der Hund und ich rauchen noch eine.

Die Zeit hört auf zu rennen.

Aber irgendwann kommt meine Fähre, und ich schleppe mich zurück in die Wirklichkeit.

»Sind Sie öfter hier?«, frage ich noch.

Sie streicht ihr Shampooreklamenhaar zurück und sieht zu mir hoch.

»Jeden Tag gegen Morgen und gegen Abend.«

Gut. Das merke ich mir.

☆

In meinem Büro in der Staatsanwaltschaft fühle ich mich wie von einer fremden Macht an den Schreibtisch geschleudert. Mir ist schwindelig und ganz klebrig im Kopf. Wahrscheinlich sollte ich mal was essen und nicht nur Kaffee trinken. Vor mir liegt ein Blatt Papier, da stehen sieben Namen drauf. Calabretta, Inceman, Schulle, Brückner. Kringe und Bartels aus dem Drogendezernat. Und dann noch der junge Tschauner von der Wache an der Lerchenstraße. Weil er zuverlässig ist und brennt und immer ein Ohr im Rotlichtviertel hat. Die Kollegen von den Drogen will ich dabeihaben, weil sie sich gut in den noblen Gegenden auskennen, die haben da einfach oft zu tun. Kringe und Bartels sind alte Kumpels vom Inceman, er hält große Stücke auf die beiden. Und er hat mal gesagt, dass sie die Einzigen sind, denen er in dem Laden hundertprozentig vertrauen würde.

Ich schreibe eine Nachricht an Kringe und Bartels, den Tschauner rufe ich an.

»Tschauner hier.«

»Riley.«

»Frau Riley! Was verschafft mir die Ehre? Brauchen Sie einen Chauffeur?«

»Nein«, sage ich. »Ich brauche eine Sonderkommission. Und ich hätte Sie gerne dabei.«

»Worum geht's denn?«

»Heute Morgen sind zwei Polizisten erschossen worden«, sage ich.

»Ich hab davon gehört«, sagt er. Kurze Pause. »Wo soll ich hinkommen?«

»Holen Sie mich um eins hier ab, dann fahren wir zusammen ins Präsidium«, sage ich.

»Also doch: Chauffeur!«

☆

Jetzt, Mitte Mai, ist die *Blaue Nacht* Teil eines besonderen Schauspiels auf Sankt Pauli: Das Nachtleben beginnt bei Tageslicht. Denn auch wenn die Sonne sich

seit Wochen nicht wirklich blicken lässt, das Licht ist an. Darauf ist Verlass im Norden. Vor zehn Uhr wird's nicht wirklich dunkel. Aber die Bars machen natürlich trotzdem um acht auf, die Leute sind ausgehfein und um halb neun beschwipst, und alle Leuchtreklamen sind an. Die Häuser und die Menschen blinken aufgeregt durch die helle Gegend. Das führt zu einer merkwürdigen, kolorierten Stimmung. Mein alter Kollege Faller nennt es immer: Kodak Theatre.
Klatsche hat einen klugen alten Sessel und eine tapfere Couch vom Trödelmarkt vor die Tür der *Blauen Nacht* gestellt, dazu einen großen roten Sonnenschirm gegen das Wetter. Er sitzt in weiter Jeans und schmalem braunem Hemd auf seinem Sofa, seine dunkelblonden Haare stehen mindestens einen Meter vom Kopf ab, er raucht eine Zigarette und hat eine Flasche Astrabier in der Hand. Ein kleiner durchgeknallter Rinnsteinbiergarten ist das, wie sie es hier im Viertel an vielen Ecken gibt. Konzession für draußen? Nie gehört. Die Polizei hat Besseres zu tun. Bis auf die Staatsanwaltschaft. Die kümmert sich.
»Hey«, sage ich, gebe Klatsche einen Kuss auf die unrasierte Wange und setze mich zu ihm auf die Couch. Das Ding ist so weich, es ist, als würde man versuchen, auf einer Qualle zu sitzen.
»Hey«, sagt er, lächelt mich von der Seite an. »Schön, dich zu sehen. Bierchen?«
Ich nicke. Gerne.
Er steht auf, kuckt mich an.
»Du bist blass, Baby. Hast du heute schon was gegessen?«

Ich denke nach. Nein. Hab ich nicht.

»Nein«, sage ich, »und nenn mich nicht Baby.«

Er schüttelt den Kopf.

»Wenn man nicht die ganze Zeit auf dich aufpasst. Butterbrezel oder Pizza?«

Plötzlich wird mir klar, wie monströs mein Hunger ist.

»Pizza«, sage ich, »mit viel Mozzarella.«

»Sonst noch was?«, fragt er.

Ich sage »Kapern, bitte«, dann falle ich in die Rückenlehne, tief rein in die Couchqualle, ich lege den Kopf nach hinten, mache die Augen zu und lasse meinen Bauch über den Hans-Albers-Platz knurren, dass die Leute Angst kriegen. Klatsche ruft bei *Slim Jims* an und bestellt meine Pizza.

»So, kommt gleich«, sagt er und versinkt wieder neben mir in den weichen Polstern. »Und jetzt sag schon: Was ist passiert?«

Ich kriege die Augen nicht auf und den Mund auch nicht. Mein Hunger hat mich schlagartig müde gemacht.

»Los. Ich seh dir doch an deiner arroganten Nase an, dass was nicht stimmt.«

Ich drücke gegen meine Schläfen und erzähle von den beiden toten Polizisten. Klatsche hört zu. Er hört sich alles an, auch das Unwichtige. Da ist der einfach saugut drin. Wenn er mir zuhört, habe ich das Gefühl, vollständig zu sein.

»Sagt dir der Typ irgendwas?«, frage ich.

»So auf den ersten Blick, oder was?«

Ich nicke.

»Klassischer Stiernacken«, sagt er. »Kleiner Gangster in teurer Lederjacke. Hört sich ein bisschen an wie ein durchgeknallter Türsteher. Einer, der mit irgendwas mal richtig den Dicken machen wollte. Und dann ist ihm seine Aufgabe über den Kopf gewachsen.«
Er zündet sich eine neue Zigarette an und trinkt einen Schluck Bier. »So sehe ich das.«
»Aber dir fällt jetzt konkret keiner ein«, sage ich.
»Mir fallen konkret ein paar hundert ein. Ah, kuck mal, Baby. Dein Abendbrot kommt.«
Wenn der mich heute noch einmal »Baby« nennt, knall ich ihm eine. Na ja: würde ich ihm eine knallen. Wenn ich nicht so schwach wäre. Mal kucken, was nach der Pizza so geht.
Ein sehr junger Mann mit einer sehr großen Tasche, ein Fahrrad ohne Schutzbleche, eine Pizza ohne Schnickschnack.
»Ist die schon geschnitten?«, fragt Klatsche.
Der Kurier nickt.
»Vielen Dank«, sage ich, drücke ihm einen Zehner in die Hand, freue mich über den Karton auf meinen Knien und fange sofort an zu essen. Der warme Käse wird nicht nur die Löcher in meinem Magen stopfen, sondern für ein paar Minuten auch die in meiner Seele. Warmer Käse ist da ganz groß drin.
»Hörst du dich mal vorsichtig um?«, frage ich und kaue.
»Nach dem Typen jetzt?«, fragt Klatsche.
»Vielleicht auch eher so generell«, sage ich. »Ob der Polizistenmord Thema ist auf dem Kiez. Und wenn ja, wie.

Falls dabei eine Info über den Täter für mich rausspringt, bin ich natürlich nicht böse. Willst du 'n Stück?« Ich halte ihm meinen Pizzakarton hin.
Er brummt und nimmt sich ein Stück und dann gleich noch eins. Er geht auf Nummer sicher. Falls ich diesmal doch vorhabe, aufzuessen.
Manchmal kommen wir mir vor wie ein gemeinsam vermerkwürdigtes altes Ehepaar. Wobei wir in Wirklichkeit das komplette Gegenteil davon sind, und »alt« ja sowieso nur auf mich zutrifft.
Und auf den Faller.
Ich kann ihn von weitem erkennen, wie er am unteren Ende des Platzes den Hut ein bisschen lüftet und galant, aber unauffällig die Damen vom Gewerbe begrüßt. Sie grüßen fröhlich zurück, ganz ohne Anzüglichkeit im Blick. Man kennt sich halt. Sein Mantel ist eine Art figurfreundlicher Trenchcoat, undefinierbare Farbe, irgendwas zwischen beige und Knitterfalten. Genau wie sein Gesicht. Klatsche erkennt ihn auch, gluckst und freut sich. Wie unsere kleine Familie in den letzten Jahren doch stabil geworden ist. Vom Leben aneinandergeklebt. Klatsche steht auf.
»Ich geh dem Herrn schon mal einen Apfelsaft holen.«
Ich schiebe den Pizzakarton zur Seite, zünde eine Zigarette an und lächle mir den Faller herbei.
Aber der Faller lächelt nicht. Der Faller ist sauer. Er setzt sich auf die Sesselkante, stützt die Ellbogen auf seinen Knien ab und sieht mich eindringlich an.
»Versprechen Sie mir, dass Sie den Wichser am Arsch kriegen, Chastity.«

Seit er vor ein paar Jahren bei einer Schießerei fast draufgegangen wäre, kennt der Faller in solchen Sachen kein Pardon mehr.

Als sein Apfelsaft alle ist, fällt auch endlich der Tag hinter den Horizont. Klatsche lässt sich breitbeinig in die Couch sinken, legt die Arme auf die Rückenlehne, und es hört sich ein bisschen an, als würde er mit seinen Untertanen sprechen, als er sagt: »Gibt's eigentlich schon Geschenkideen für Carlas und Roccos Hochzeit?«

II.

Heinrich

* * *

Es hat tatsächlich aufgehört zu regnen. Nicht dass die Sonne scheinen würde, aber es ist so was Ähnliches wie trocken. Ich habe die Fenster meines Büros weit geöffnet, um Luft reinzulassen, auch in mein Gehirn. Es ist spät geworden gestern Abend. Wir saßen noch lange vor Klatsches Laden und haben in den Himmel gekuckt. Ab und an hat einer mal was in die Runde geworfen. Was man Carla und Rocco so schenken könnte. Das wurde dann von den anderen jedes Mal sofort abgeschmettert. Ich schätze, wir sind keine gute Truppe für Hochzeitsgeschenke. Am Ende sagte Klatsche, dass die beiden mal froh sein könnten, wenn wir ihnen nicht die Feier sprengen. Und dass er sich schon um ein Geschenk kümmern würde. Wir Lutscher würden ihn ja eh nur beim Nachdenken stören. Damit war das Thema abgehakt, und wir konnten uns ganz darauf konzentrieren, in unseren Köpfen das Licht auszudrehen, was uns wieder mal vorbildlich gelang.

Ich zünde mir eine Zigarette an, stelle mich ans Fenster und denke nach. Der Calabretta und der Inceman sind heute Morgen in der Pathologie und bei den Kollegen von der KTU. Der Brückner und der Schulle vergleichen unsere Dateien mit der Täterbeschreibung. Der Kringe und der Bartels ziehen schon mal die Ecke rund um den Jenischpark auf links, der Tschauner hört sich auf Sankt Pauli um.

Es klopft an meiner Tür, Oberstaatsanwalt Schubert kommt rein, ohne meine Antwort auf sein Klopfen abzuwarten.

»Frau Riley, guten Morgen!«

Er macht drei, vier große Schritte, schon steht er neben mir am Fenster und holt tief Luft.

Was hat den denn so schwungvoll gemacht?

»Herr Schubert«, sage ich.

Wir können uns nicht leiden. Er wirkt, als hätte er das vergessen. Er wippt keck nach vorne auf die Zehenspitzen und wieder zurück. Sein dunkelgrauer Anzug und sein Juristengesicht sitzen wie immer perfekt. Das graumelierte Haar, das Hemd, die Krawatte, der Windsorknoten, die Rasur, das Rasierwasser, die schmale Nase, alles edel und tipptopp. Er hält sich für einen attraktiven Mann in den besten Jahren, und objektiv betrachtet ist er das sicher auch, aber ich halte ihn vor allem für ein Arschloch. An meinem ersten Tag hier, da war ich noch ein vergleichsweise junges Ding, hatte er nach ungefähr drei Minuten in meinem Büro seine Hand an meinem

Hintern. Ich hab ihm eine gescheuert. Er hat mich nicht rausgeschmissen, ich hab mich nicht über ihn beschwert, wir haben keinen Krieg angefangen. Aber mehr als ein brüchiger Waffenstillstand ist unser Verhältnis nicht.
Er lächelt mich an. Ich hab keine Ahnung, was er von mir will.
»Kann ich Ihnen helfen?«, frage ich.
»Ich frage mich eher, ob ich Ihnen helfen kann«, sagt er.
»Wobei?«
»Die beiden toten Beamten«, sagt er und macht ein betroffenes Gesicht, das ich ihm aber nicht abnehme. Oberstaatsanwalt Schubert ist frei von Mitgefühl. Er hat so viel Bewegung in der Seele wie ein Stück alter Fisch.
»Was meinen Sie?«, frage ich.
»Vielleicht brauchen Sie für diese Sache noch ein paar mehr Leute.« Er sieht mich eindringlich an. »Wir wollen ja schließlich alles tun, damit das aufgeklärt wird.«
»Wir sind gut aufgestellt«, sage ich, »und wir tun, was wir können, machen Sie sich da mal keine Sorgen.«
Ich scanne sein Gesicht, versuche herauszufinden, worum es hier geht. Das Gesicht sagt: um nichts. Er steckt die Hände in die Hosentaschen und schaut aus dem Fenster.
»Sonst noch was?«, frage ich.
»Halten Sie mich bitte auf dem Laufenden.«
Ich nicke, schmeiße meine Zigarette nach draußen und zünde mir eine neue an.
»Frau Riley«, sagt er. »Wir sind doch hier nicht auf dem Straßenstrich.«
Blöder Vollpfosten.

☆

Der Calabretta hat die beiden Büros der Mordkommission auf die Schnelle zur Soko-Zentrale umrüsten lassen. Im großen Raum sind die Schreibtische in der Mitte zusammengeschoben, am Fenster stehen vier Computer, die weiße Magnetwand ist freigeräumt und sauber abgewischt, da klemmen nur ein paar traurige Fotos vom Tatort. Noch sind nicht genug Stühle da, aber mir macht das nichts. Ich stehe sowieso lieber im Zimmer rum, und ich schätze, die anderen auch. Der Calabretta zum Beispiel läuft normalerweise sowohl beim Telefonieren als auch beim Nachdenken die ganze Zeit auf und ab. Der Inceman lehnt gerne an der Wand, der Tschauner mag es, am Fenster zu stehen. Und zur Not, wenn uns doch mal die Beine schwer werden, können wir uns in dem kleineren Raum nebenan auf die Ledersofas legen.

Ich hab den Eindruck, dass der Schulle und der Brückner die neue Couchsituation in ihrem Büro gar nicht so schlecht finden.

»Wegen mir kann das so bleiben!«, ruft der Brückner aus dem kleinen Zimmer rüber, und es hört sich an, als läge er auf dem Bauch. Der Schulle nickt. Er lehnt an der Tischkante und blättert den Bericht der KTU durch. Der Inceman steht neben ihm und kuckt ihm über die Schulter. Der Tschauner fläzt auf einem der beiden Schreibtischstühle vor einem der vier Computer und rollert jungsmäßig hin und her, der Calabretta und ich stehen nebeneinander am Fenster. Als die Kollegen Kringe und Bartels zur Tür reinkommen, ist die Klasse vollständig.

»Moin«, sagt der Bartels, »yo«, sagt der Kringe, und wir anderen sagen auch alle irgendwas. Die beiden hängen ihre nassen Jacken auf. Sie kommen direkt aus den Elbvororten und haben offensichtlich was mitgebracht. Der Kringe zieht ein Bild aus der Hosentasche und pinnt es in die Mitte der Magnetwand. Uns kuckt ein hagerer Mann an, mit randloser Brille und nach hinten gegelten dunklen Haaren, die im Nacken etwas zu lang sind. Modell testosterongetriebener Unternehmensvorstand, der sich freut, wenn man ihn »Präsident« nennt.

»Bitte schön«, sagt der Bartels. »Haben wir eben noch schnell aus dem Drucker geholt.«

»Wer ist der Typ, und warum hängt er da?«, frage ich.

»Dr. Henning Sackmann, Immobilienlobbyist«, sagt der Bartels.

Aha.

»Wir haben zwei weitere Zeugen gefunden«, sagt der Kringe, »die haben gestern zur Tatzeit an zwei verschiedenen Enden des Parks jeweils ein auffälliges Fahrzeug gesehen. Dicke Karren, einen schicken 750er BMW in einer jadegrünen Sonderlackierung und einen nagelneuen silbernen Bentley Arnage. Dicke Karren sind jetzt für Flottbek nicht *so* ungewöhnlich, aber das ist eben auch ein Dorf, und die Leute kennen die ortsansässigen Karossen. Die Zeugin, die den BMW gesehen hat, ist wohl glücklicherweise ein Zahlentier und hatte das Kennzeichen parat.« Er zeigt auf das Foto hinter sich. »Das Auto gehört zu Sackmanns kleinem Fuhrpark. Von dem Bentley haben wir kein vollständi-

ges Kennzeichen«, sagt er, »wir wissen nur, dass er in Hamburg angemeldet ist. Und dass dieses Modell sehr exklusiv ist. Der Zeuge sagte, er hätte einen Bentley Arnage noch nie live gesehen, deshalb hätte er sich den Wagen auch gemerkt. Auf jeden Fall fährt so ein Apparat sogar in unserer reichen Stadt nur viermal durch die Gegend, und nur zweimal in Silber.« Er kuckt triumphierend in die Runde. »Einer von den beiden silbernen gehört Dr. Sackmann.«
Wir klappen unsere Kinnladen wieder nach oben, und der Calabretta sagt: »Sauber, Herrschaften.«
Aber echt jetzt.
Ich sage: »Weiß jemand was über den Mann?«
Niemand reagiert großartig.
Nur der Brückner, der im Türrahmen lehnt, sagt: »Ich hab den mal auf irgend so 'ner HafenCity-Veranstaltung gesehen, da hat er wohl die Finger drin. Hab ich gehört.«
»Inceman«, sagt der Calabretta, »knöpfen Sie sich den Herrn Dr. Sackmann bitte mal vor? Alles, was Sie auf die Schnelle rauskriegen können. Ich will, dass wir da heute noch vor der Tür stehen und uns bekannt machen.«
Der Inceman nickt und schwingt sich an einen der Computer. Er bewegt sich wie ein verdammter Leopard. O Mann. Wahrscheinlich hört das nie auf.
»Was haben wir noch?«, frage ich und schüttele mich ein bisschen, aber so, dass es keiner merkt.
»Die KTU«, sagt der Schulle und hält seine Mappe hoch. »Inklusive Bericht von unseren Waffenfuzzis.«

»Und?«, sagt der Calabretta. »Was sagen die?«
»Dass unser Täter ziemlich bescheuert ist«, sagt der Schulle. »Oder dass er, wie die Aussage unserer Zeugin vermuten lässt, zur Zeit der Tat tatsächlich vollkommen verspult war.«
Kollektives Augenbrauenhochziehen.
Der Schulle sagt: »Er hat das Magazin seiner Waffe verloren.«
Och nö. So ein Depp.
»Was war das für eine Waffe?«, fragt der Inceman.
»Eine Mini-Uzi«, sagt der Schulle.
Ich schaue in die Runde. »Was sagt uns das?«
»Nicht viel mehr als die Beobachtungen unserer Zeugin vom Tatort. Vollautomatische Waffen sind bei uns verboten, da kommt man als Amateur nicht so ohne weiteres ran, auch nicht auf dem Kiez. Da wir jetzt mit relativer Sicherheit davon ausgehen können, dass die Tatwaffe eine Uzi war, heißt das lediglich, dass unser Mann vermutlich ein Profi ist«, sagt der Calabretta. »Wenn auch offensichtlich einer, der nicht alle Tassen im Schrank hat.«
»Aber gute Kontakte nach Sturmwaffenhausen«, sagt der Brückner, »sprich: ins ehemalige Jugoslawien.«
»Wir suchen also nach einem Mann vom Balkan«, murmelt der Inceman von seinem Computerplatz aus.
»Stopp«, sagt der Calabretta.
Alle kucken ihn an.
»Wieso?«, sagt der Brückner. »Der Kollege Inceman hat doch absolut recht.«
»Ich will nur verhindern, dass wir uns verrennen«, sagt der Calabretta. »Unsere albanischen Freunde zum Bei-

spiel sind unter anderem deshalb so erfolgreich, weil sie extrem vielfältig sind, sehr breit aufgestellt. Sie machen alles, und sie benutzen alles dafür. Nichts außer Blutrache könnte uns sagen: Das muss ein Albaner gewesen sein. Deshalb sollten wir vorsichtig sein mit solchen Schlüssen wie: Wir suchen einen Mann vom Balkan.«

Während der Calabretta redet, verfinstert sich sein Blick. Es ist, als würde ein dunkler Schatten über ihm ausgekippt. Der Albaner ist seine Pest, und mit der Pest will er nichts zu tun haben. Leider klebt die Seuche aber seit langer Zeit an seinen Hacken. »Inceman, haben Sie schon was über unseren Luxuskarossenliebhaber rausgekriegt?«

Der Inceman reißt sich von seinem Computer los und dreht sich um. Er sieht mich tatsächlich kurz an, aber das war wohl ein Versehen.

»Auf den ersten Blick sehe ich hier nur, dass Dr. Henning Sackmann wohl eine der dickeren Nummern im Immobiliengeschäft ist. Er ist geschäftsführender Gesellschafter der Balance Immobilien GmbH, die Bürokomplexe, Luxuswohnanlagen und Hotels baut, und das nicht nur in Hamburg, sondern europaweit. In Hamburg gehört ein großer Teil der HafenCity zur Balance GmbH, vor allem Wohnungen.« Er kuckt noch mal kurz auf seinen Bildschirm. »Sackmann ist außerdem Vorstandsvorsitzender der Hamburger Stiftung *Licht, Wasser, Stadt*, die mit einem Fördervolumen von 30 Millionen Euro städtebauliche Projekte fördert und damit natürlich einen ziemlichen Einfluss auf die Art

dieser Projekte nimmt. Und zu guter Letzt ist der Mann Präsident des BUDI, zu Deutsch: Bund der deutschen Immobilienwirtschaft. Der BUDI ist einer der großen Immobilienlobbyvereine.«
»Klingt ja total ekelhaft«, sagt der Schulle und verzieht das Gesicht.
»Ein Freund des großen Geldes und der Macht«, sagt der Calabretta.
»Und bestimmt auch ein Freund der großen, mächtigen Männer«, sage ich. »Das wird nicht so leicht werden, sich den vorzuknöpfen. Gibt's sonst noch was über ihn? Was Persönliches?«
Ich kucke den Inceman an. Es ist ein bisschen wie auf Granit rumkauen.
»Ordentlicher Partygänger«, sagt er und schaut an die Wand. »Gehört definitiv zur Society. Und lässt sich, wenn's geht, von unten fotografieren. Klassischer Gernegroß, würde ich sagen.«
»Ist er verheiratet?«, fragt der Calabretta. »Hat er Kinder?«
»Da hab ich nichts zu gefunden«, sagt der Inceman. »Auf den Bildern ist er immer entweder allein oder im Kreis anderer Wichtigheimer zu sehen. Und er gehört offenbar nicht zum alten Hamburger Kaufmannsadel, über seine Eltern ist nichts bekannt. Er ist wohl eher das, was man einen Emporkömmling nennt.«
»Was wollen solche Typen?«, fragt der Brückner.
»Den Markt kontrollieren«, sagt der Bartels.
»Die Preise hoch halten«, sagt der Kringe.
»Geld. Macht. Und Anerkennung«, sage ich.

»Dinge, mit denen wir uns nicht auskennen«, sagt der Calabretta, und er lacht, als er das sagt, aber es ist kein fröhliches Lachen.

Der Tschauner zieht drei Seiten Papier aus dem Drucker, rollt mitsamt seinem Schreibtischstuhl zur Magnetwand und hängt die Blätter da ran. Auf dem einen sind zwei Autos zu sehen, ein dicker BMW und ein noch dickerer Bentley. Auf dem nächsten Blatt eine Mini-Uzi, die man noch ganz komfortabel unter einer Lederjacke verstecken könnte. Auf dem letzten Blatt: ein HafenCity-Panorama in der Morgensonne.

Der Tschauner streicht sich seine Locken aus dem Gesicht, lässt sich wieder in den Schreibtischstuhl fallen, rollt mit Dampf zurück in seine Computerecke und sagt: »So kann ich besser denken. Hat außer mir eigentlich noch jemand Hunger?«

☆

Sackmanns Stadtvilla steht an der noblen Außenalster, am Feenteich. Sehr lauschig und exklusiv, mit direktem Wasserzugang. Der Regen macht gerade eine kleine Pause, die Wolkendecke ist sogar mal aufgerissen. Die Sonne schickt dicke goldene Blinklichter über den Himmel und übers Wasser, als würde sie sich dafür entschuldigen wollen, dass sie sich zurzeit nur so selten blicken lässt. Sie hängt bannig tief, es ist schon fast Abend.

Wir stehen zu dritt vor dem zierlichen schmiedeeisernen Tor, lassen uns von den Überwachungskameras ankucken und warten darauf, eingelassen zu werden.
Der Inceman hält seinen Dienstausweis in die Kamera, der Calabretta lächelt freundlich, aber bestimmt, ich hab mein härtestes Staatsanwältinnengesicht aufgesetzt.
Wir haben nicht viel in der Hand, im Grunde gar nichts, aber das lassen wir uns nicht anmerken. Wir zielen einfach mal ins Blaue. Kann schließlich auch gut sein, dass Sackmanns protzige Karren nur in Flottbek rumstanden, weil er sie zeigen wollte. Weil er vom einen Ende des Parks zum anderen spazieren wollte und zwei Chauffeure dabeihatte. Aber das glaube ich eher nicht. Mein Gefühl sagt was anderes: dass er irgendwas mit der Sache zu tun hat.
»Also«, sagt der Calabretta, »wenn schon Alster, dann aber so, oder?«
Ich muss an meine schrabbelige Wohnung auf Sankt Pauli und die kleine Bude vom Calabretta in Altona mit Blick auf die vierspurige Königstraße denken. Den Gedanken an die Wohnung vom Inceman versuche ich ganz schnell aus meinem Kopf zu verscheuchen.
»Klar«, sage ich. »Alsterlage ist ansonsten echt totaler Dreck.«
Er zuckt mit den Schultern und grinst, als das Tor summt und aufschnappt. Der Inceman geht mit großen Schritten voran, wortlos, der Calabretta und ich stiefeln hinterher, vorbei an einer großen, in den Boden eingelassenen stählernen Hebebühne. Eine von diesen

Liftgeschichten für Autos. Für die Tiefgarage. Der Calabretta kuckt mich mit großen Augen an, zeigt auf den Inceman und formt mit seinen Lippen ein lautloses: Was?
Ich hab langsam das Gefühl, dass es vielleicht doch für alle angenehmer wäre, wenn der schöne Türke und ich uns mal aussprechen würden. Wenn ich nur wüsste, wie so was geht.
Die Haustür schwingt auf, elektronisch. Heraus kommt: Dr. Henning Sackmann.
Er ist noch größer, als ich vermutet hatte, ich würde sagen, er kratzt an den zwei Metern. Seine kinnlangen Haare sind nicht ganz so perfekt nach hinten geklebt und nicht mehr ganz so dunkel und glänzend wie auf dem Foto, das wir von ihm haben. Da scheint er noch jünger gewesen zu sein. Er trägt einen grauen Anzug und ein weißes Hemd, keine Krawatte. Ein bisschen weniger Produkt im Haar, ein bisschen mehr Freundlichkeit im Blick, und er würde auch als gealterter Chefredakteur einer Hochglanzzeitschrift durchgehen. Aber insgesamt ist er dafür zu unlocker, zu steif, zu wenig schlaksig in seinen Bewegungen. Zu unsympathisch.
»Herr Sackmann!«, sagt der Calabretta zackig und tritt vor. Er macht keine Anstalten, seine Hand auszustrecken, genauso wie sein Gegenüber.
»Guten Tag«, sagt Dr. Sackmann.
»Guten Tag«, sagt der Calabretta, und der Inceman sagt: »Kripo Hamburg.«
Ich sage nichts, halte mich im Hintergrund, warte, bis der Calabretta mich ins Bild holt.

»Die zuständige Staatsanwältin, Frau Riley«, sagt er. Ich nicke und bleibe brav zwei Schritte zurück. Das hier ist Kriposache. Ich bin nur der angedrohte Durchsuchungsbefehl. Der stille Druckmacher. Wie hat der Faller immer gesagt: Die sollen ruhig wissen, dass wir's ernst meinen.

»Was kann ich für Sie tun?« Sackmann hat wohl nicht vor, uns hereinzubitten. Bin ich froh, dass gerade Wetterpause ist.

Der Inceman steht dicht vor Sackmann. Er ist der Einzige von uns, der groß genug ist, um nicht unangenehm auffällig zu ihm aufschauen zu müssen. »Gestern Morgen sind zwei Polizisten erschossen worden, und wir wüssten gerne, warum Ihre Autos am Tatort geparkt waren.«

Sackmann verschränkt die Arme vor der Brust.

»Aha.«

»Außerdem«, sagt der Inceman, »ermitteln wir gegen Sie wegen verbotenen Glücksspiels.«

Dr. Sackmann zuckt auf voller Länge zusammen, sein Gesicht zerfällt in drei bis vier große Teile. Glatter Treffer. Keine Ahnung, wo der Inceman das jetzt herhat, aber es scheint zu stimmen, und es hat funktioniert. Sackmann tritt zur Seite und gibt den Weg in sein Haus frei.

»Bitte, kommen Sie doch erst mal rein.«

Wir betreten einer nach dem anderen die Sackmannsche Villa, wobei der Calabretta und ich versuchen, unsere Überraschung zu verbergen. Der Calabretta räuspert sich, ich mache blöderweise direkt mit. Souverän

wirkt das bestimmt nicht. Aber Sackmann scheint erschrocken genug zu sein, um es nicht zu bemerken.
Das Erdgeschoss ist ein einziger großer Raum. Die Wände sind in unterschiedlichen hellen Grautönen gehalten, der Parkettboden blitzt, rechts glänzt eine schwarz lackierte Küchenzeile mit einer Theke und ein paar Barhockern. Der Küchenkram sieht aus, als wäre er noch nie benutzt worden. Hinten an der großen Fensterfront, mit Blick auf die Alster, steht eine sehr große, froschgrüne Ledercouch. Links davon an der Wand eine High-End-Stereoanlage, silbergrau. Verschwindet fast in der Wand. Sonst steht im Erdgeschoss nichts. Da hat sich einer seinen Wohndesigntraum erfüllt.
Dr. Sackmann geht in die Küche und setzt sich an der Theke auf einen Barhocker. Wir folgen ihm, bleiben aber stehen. Sackmann wirkt mit jeder Minute zerkratzter. »Okay, was genau wollen Sie von mir?«
»Unsere Kollegen sind brutal ermordet worden«, sagt der Calabretta. »Wir wollen den Täter. Und wir glauben, dass Sie etwas wissen, was wir noch nicht wissen. Wir haben Zeugen, die sowohl Ihren Bentley als auch Ihren BMW am Tatort gesehen haben. Und das finden wir schon ziemlich bemerkenswert.«
Der Inceman sagt in einem unterirdisch schneidenden Tonfall: »Sie können sich selbstverständlich erst mal mit Ihrem Anwalt in Verbindung setzen.«
Es hört sich an, als würde er Sackmann empfehlen, sich doch bitte mit dem Teufel in Verbindung zu setzen.
Dr. Sackmann nimmt seine randlose Brille ab und fährt sich mit der Hand über die Augen. Er kommt mir vor,

als könnte er sich gleich vor unseren Augen in eine lange Säule aus Staub verwandeln, die dann umgehend zerfällt. Ich hatte generell mit etwas mehr Widerstand gerechnet. Er wirkt, als hätte er nur darauf gewartet, dass mal jemand kommt und fragt. Als wäre das, was hinter der Fassade steckt, schon seit langer Zeit zerbröckelt. Als wäre er erleichtert. So hab ich ihn nicht eingeschätzt.

Er sieht uns an.

»Wie Sie offensichtlich wissen, spiele ich gerne. Und ja, manchmal ist das, was ich da mache, nicht ganz legal. Ich kenne Leute, die ich wahrscheinlich besser nicht kennen sollte.« Er macht eine kurze Pause und sieht aus dem Fenster. »Der Tod Ihrer Kollegen tut mir sehr leid. Ich bin bereit, Ihnen zu sagen, was ich weiß. Da sind sicher ein paar Dinge, die Ihnen helfen können, die Sache aufzuklären. Ich will allerdings, dass Sie mir im Gegenzug etwas zusichern.«

»Was möchten Sie?«, frage ich.

Wenn's um solche Sachen geht, bin ich dran.

»Ich möchte, dass nicht gegen mich ermittelt wird. Ich möchte Schutz, wenn er nötig wird. Und ich möchte, dass um meine Spielerei kein Wind gemacht wird. Dass nichts an die Presse geht.«

Aha. Wie leicht solche Typen manchmal zu packen sind. Hauptsache, niemand kriegt mit, dass auch sie ein paar schmutzige Ecken haben. Ich meine, wir alle haben diese Müllkippen in unserem Leben, warum sollte ausgerechnet ein stinkreicher Geschäftsmann keine haben? Was glauben die eigentlich, was die Leute glauben? Na ja. Von mir aus.

»Das mit der Presse kann ich Ihnen hier und jetzt zusichern, die kriegen von uns nichts zu hören«, sage ich. »Die andere Sache müssen wir erst besprechen. Wir melden uns morgen bei Ihnen.«

Dr. Sackmann nickt. Er schiebt eine seiner Visitenkarten über die Küchentheke und erhebt sich, um uns hinauszubegleiten.

Als wir an der Couch vorbeikommen, erhebt sich eine große, braun gefleckte Katze aus der Tiefe, kuckt uns der Reihe nach an und faucht. Die Katze ist wirklich sehr groß, und sie hat Pinselohren. Die Katze ist keine Katze, sondern ein Luchs. Den hatten wir bisher gar nicht wahrgenommen, der hat nicht ein einziges Mal gezuckt.

»Heinrich«, sagt Dr. Sackmann streng. »Hinlegen.«

Heinrich lässt sich wieder aufs grüne Leder fallen und schnauft.

Ein Wachluchs ist das aber nicht.

☆

Auf der Fahrt zurück ins Präsidium sitze ich im Dienstwagen vorne beim Calabretta, der Inceman sitzt hinten. Wir beide in einem Auto, das macht die Luft so dick, man könnte sie in Scheiben schneiden und damit jemandem auf den Kopf hauen.

»Woher wussten Sie das mit dem Glücksspiel?«, fragt der Calabretta.

»Der Tschauner hat mich vorhin noch kurz angerufen«, sagt der Inceman, »und ich dachte, wenn's nottut, hau ich das raus.«
»War bombig«, sagt der Calabretta. »Der Typ wirkte schön geschockt. Könnte sogar sein, dass da noch mehr hinter steckt als nur ein bisschen illegales Glücksspiel, oder?«
Genau.
Der Calabretta klopft ein paarmal kurz hintereinander mit der rechten Hand aufs Lenkrad und schiebt sein Kinn nach vorne.
»Auf jeden Fall weiß der was.«
»Klar«, sagt der Inceman. »Und auch wenn er noch mehr Dreck am Stecken hat, sollten wir uns wahrscheinlich auf seinen Deal einlassen.«
»Ich rede gleich morgen früh mit Oberstaatsanwalt Schubert«, sage ich.
Der Calabretta sagt: »Ich komme mit.«
Der Inceman sagt: »Ich grabe mich dann noch mal tiefer in Sackmanns Geschäfte ein.«
Ich lasse seine Stimme an mir abprallen. Ich blocke die Flut der Erinnerung ab, die seine Stimme immer mit im Gepäck hat. Ich schließe meine Schleusen, aus Sicherheitsgründen. Ich weiß ja bis heute nicht, was genau das war, das da im letzten Jahr zwischen uns passiert ist. Er sagte damals: Liebe. Ich bin erschrocken und hab mich heimlich aus seiner Umarmung gewunden, als er schlief. Überhaupt hab ich mich irgendwie rausgewunden, und auch da weiß ich bis heute nicht, wie genau und warum genau. Klatsche spielt eine große

Rolle. Denn ohne Klatsche geht es nicht, ohne Klatsche bin ich nicht aufgehoben und bin ruhelos und fliege wie eine Wahnsinnige von Wand zu Wand.

Aber ohne den Inceman geht es auch nicht wirklich gut. Gestatten: Calamity Chas.

Ich schaue aus dem Beifahrerfenster, lasse das dünne Orange der untergehenden Sonne meine Pupillen und mein aufgescheuertes Herz wärmen und frage mich, ob die beiden Männer im Auto es eigentlich nicht merkwürdig finden, dass Dr. Henning Sackmann einen zahmen Luchs auf der Couch liegen hat.

Es scheint, als fänden sie's ganz normal.

Ihr denkt, ihr seid die Jäger.
Ihr denkt, ihr habt die Macht.
Ihr haltet euch für clever.
Ihr fühlt euch groß und stark.
Ihr sagt, ihr seid die Guten.
Das werden wir noch sehen.
Ihr sollt auf Knien rutschen,
und dann einfach wieder gehen.

Ha.

Ihr denkt, diesmal habt ihr vielleicht eine Chance.
Nichts habt ihr.
Ihr seid Beute.

III.

In der Regenfabrik

☆ ☆ ☆

Unser Atlantiktief hat über Nacht Kraft getankt, der Wind hat sich aufgeladen, die Wolken haben sich so richtig vollgehauen, und jetzt lassen sie's wieder krachen. Ich sitze in meinem Büro auf der Fensterbank und warte auf den Calabretta. Der Regen prasselt gegen die Glasscheiben, die Bäume ächzen und biegen sich, der Himmel verschluckt alles Licht, da draußen klebt irgendwas zwischen Grau und Braun.

»Moin, Chef.« Der Calabretta sieht aus wie ein begossener Pudel. Das Wasser tropft von seiner Lederjacke auf meinen Bürofußboden, seine dunklen Haare stehen in einige Richtungen vom Kopf ab. Er kommt zu mir rüber, lehnt sich ans Fensterbrett und sieht mich an.

»Na?«

»Ich weiß nicht«, sage ich.

»Was?«

»Ach«, sage ich. »Dieser blöde Mai.«
»Ja«, sagt er und seufzt. »Im Moment verkackt er an allen Fronten.«
Er kuckt aus dem Fenster, dann wieder zu mir.
»Kann man Ihnen und dem Kollegen İnceman eigentlich bei irgendwas helfen?«
Ich schüttele den Kopf und sage:
»Wir sollten wohl einfach mal miteinander reden.«
»War das doch was Ernsthaftes mit Ihnen beiden, diese Sache im letzten Jahr?«, fragt er. »Ich dachte immer, Sie und Klatsche ... na ja, geht mich ja auch nichts an. Tschuldigung.«
»Schon okay«, sage ich. »Das ist kein Zustand so. Und spätestens wenn es alle im Team nervt, geht Sie das natürlich was an.«
Ich fummle mir eine Zigarette aus der Packung und biete dem Calabretta auch eine an, er lehnt ab.
»Ich bin nur ganz furchtbar schlecht in solchen Dingen«, sage ich, rutsche von der Fensterbank, kippe das Fenster und zünde meine Zigarette an.
»Willkommen im Club der Amateure«, sagt er. »Ich bin da ja auch nicht besser. Aber tun Sie mir einen Gefallen: Lassen Sie mich trotzdem wissen, wenn Sie meine Hilfe brauchen.«
»Vielleicht schieben Sie ihm eine Dienstanweisung rüber, dass er aufhören soll, mich zu ignorieren«, sage ich, und der Calabretta grinst.
»Schwierig, Chef.«
Er sieht auf die Uhr.
»Wann sollen wir beim Oberstaatsanwalt antanzen?«

»Jetzt« sage ich, ziehe noch mal kräftig an meiner Zigarette und drücke sie in dem kleinen silbernen Aschenbecher aus, der auf meinem Schreibtisch steht und dringend mal wieder geleert werden müsste.

☆

Oberstaatsanwalt Schubert sitzt an seinem Schreibtisch, frisst Akten und behandelt uns mit der für ihn typischen Mischung aus Höflichkeit und Herablassung.
»Schön, Sie zu sehen.« Er blickt kurz von seinem Schreibtisch auf; wir wissen alle drei, dass das gelogen ist. Ob er uns jetzt sieht oder eine Möwe in die Elbe scheißt, ist dem so was von egal. »Frau Riley. Herr Calabretta. Bitte, nehmen Sie doch Platz. Einen Moment noch, ich bin gleich für Sie da.«
Wir setzen uns auf die beiden Lederstühle vor Schuberts Schreibtisch, er widmet sich wieder seiner Akte. Länger, als nötig wäre, um uns spüren zu lassen, wie unwichtig er uns findet. Dann macht er sich eine Notiz, klappt den Ordner zu, sieht uns an und lächelt gewohnt kalt.
»Sie haben sicher Neuigkeiten, wenn Sie sich die Mühe machen, mir einen Besuch abzustatten.«
»Bingo«, sage ich.
Mein italienischer Kollege sitzt erstarrt neben mir, ich schätze, ihm ist das Blut in den Adern gefroren, und damit hat sein Blut verdammt recht.

Ich erzähle Schubert von unseren Zeugen und den beiden Autos, von unserem Besuch bei Henning Sackmann, davon, dass Sackmann bereit ist, mit uns zusammenzuarbeiten, dafür aber eine Gegenleistung will.
»Woher wissen wir«, sagt er, »dass dieser … wie heißt er?«
»Sackmann«, sage ich.
»Ach ja, dass also dieser Sackmann illegal zockt?«
»Das wurde dem Kollegen Tschauner aus dem Milieu zugetragen«, sage ich. »Und offensichtlich stimmt es.«
Oberstaatsanwalt Schubert nickt in Zeitlupe. Er sieht aus dem Fenster. Denkt nach. Denkt eine ganze Weile nach. Dann sagt er:
»In Ordnung. Sein Glücksspiel interessiert uns nicht. Für alles andere kann ich nicht garantieren, aber das müssen Sie ihm ja nicht sagen. Er soll seinen Anwalt anrufen und morgen früh um neun im Präsidium antanzen.«
»Warum erst morgen?« Der Calabretta ist aus seiner Schutzstarre erwacht. Und wird auch gleich aufsässig. »Ich hätte ihn lieber jetzt als gleich bei mir auf dem Stuhl.«
»Ich will dabei sein«, sagt Oberstaatsanwalt Schubert. Seine Stimme klingt wie ein Messer. »Und ich habe heute keine Zeit.«
Er schlägt die nächste Akte auf und sagt, ohne uns anzusehen:
»Sonst noch was?«

☆

Der Calabretta und ich sitzen nebeneinander auf meinem Schreibtisch, als ich Henning Sackmann anrufe. Wir schauen auf die nassen Fensterscheiben, ich habe das Telefon auf laut gestellt, der Calabretta hört mit.

»Sackmann.«

»Riley hier, Staatsanwaltschaft Hamburg.«

»Guten Tag, Frau Riley.«

»Wir erwarten Sie morgen früh um neun Uhr im Polizeipräsidium, Herr Sackmann.«

Er sagt nichts.

»Und wir haben beschlossen, Sie ansonsten dann auch nicht mehr zu behelligen«, sage ich. »Die Sache bleibt unter uns.«

»Wer weiß noch davon?«, fragt er.

»Niemand«, sage ich, auch wenn das nicht ganz stimmt. Aber solche Typen wie Oberstaatsanwalt Schubert lasse ich liebend gerne erst mal unter den Tisch fallen, wenn ich kann.

»In Ordnung«, sagt er, und er klingt mir viel zu erleichtert dafür, dass es nur um Glücksspiel gehen soll.

Der Calabretta kuckt mich an und legt die Stirn in Falten. Ich nicke.

»Dann sehen wir uns morgen früh um neun«, sagt Sackmann.

»Bringen Sie Ihren Anwalt mit?«, frage ich.

»Vielleicht. Vielleicht auch nicht.«

»Also, ich an Ihrer Stelle …«, sage ich, aber Sackmann hat schon aufgelegt.

Ich gehe zum Fenster, mache es weit auf und zünde mir eine Zigarette an. Der Regen ist heute wärmer als gestern. Eigentlich ganz schön.

»Irgendwie kommt mir der Typ echt merkwürdig vor«, sage ich.

»Er hat einen verdammten Luchs als Mitbewohner«, sagt der Calabretta und rutscht von meinem Schreibtisch. »Was erwarten Sie?«

Ich erwarte grundsätzlich gar nichts mehr, aber das gehört jetzt nicht hierher.

✯

Der Nachmittag zieht sich wie alter Kaugummi. Weil wir Sackmann erst für morgen früh ins Präsidium bestellen durften, sind der Calabretta und ich auf eine blöde Art zur Untätigkeit verurteilt. Wir sitzen in unserer Soko-Zentrale, und die Mannschaft ist außer Haus. Wir drehen Däumchen, weil es gerade nichts mehr zu erledigen gibt. Die Herren Brückner und Schulle sind im Milieu unterwegs, Augen und Ohren aufhalten. Der Inceman und der Tschauner klopfen bei den einschlägigen Dealern der oberen Zehntausend auf den Busch. Vielleicht haben die was gehört. Vielleicht verplappert sich einer. Der Kringe und der Bartels umschleichen weiter deren Kundschaft. Polizeischwarzbrotarbeit. Yo. Und der Calabretta und ich sitzen hier rum. Wir kauen noch mal alles durch, alle Fotos vom

Tatort, den KTU-Bericht, den Pathologiebericht, Dr. Henning Sackmann. Wir stecken die Köpfe zusammen, wir raufen uns die Haare. Ich rauche, der Calabretta trinkt Kaffee. Am Ende sind wir vollkommen hirnverklebt und kein Stück weiter, wir haben nicht einen winzigen neuen Anhaltspunkt. Wir sind darauf angewiesen, dass Sackmann morgen auspackt.
Es ist kurz vor 18 Uhr.
»Ich gehe«, sage ich.
Der Calabretta nickt und lässt den Kopf auf die Tischplatte fallen.

☆

Carla sitzt in ihrem Café hinterm Tresen. Sie hat es sich auf der Arbeitsplatte unter dem goldgerahmten Spiegel gemütlich gemacht, blättert in einer Zeitschrift und ignoriert ihre Gäste. Ihre Locken sind wieder etwas länger geworden, einige hängen ihr bis auf die Schultern, manche stehen wie die Knethaken einer Küchenmaschine von ihrem Kopf ab. Sie trägt ein schlichtes schwarzes Kleid mit langen Ärmeln. Und braune Clogs, die fröhlich gegen den Kühlschrank schlagen, während sie die Beine baumeln lässt. Sie sieht ein bisschen aus wie eine Mischung aus Morticia Addams und Pippi Langstrumpf. An drei Tischen warten sieben Leute darauf, von ihr bedient zu werden. Plus noch ein Gast, nämlich ich, der gerne ein Glas Weißwein hätte.

»Carla«, sage ich, »du hast ein Café, wusstest du das?«
Sie reagiert nicht, ist vollkommen in ihre Zeitschrift vertieft.
»Carla, deine Gäste warten auf dich.«
Sie kuckt mich wichtig an.
»Ich kann jetzt nicht, ich muss ein Brautkleid finden.«
»Du heiratest in vier Tagen«, sage ich.
»Eben.«
»Und du hast noch kein Kleid?«, frage ich.
»Hast du denn schon ein Kleid?«
»Ich brauche kein Kleid«, sage ich. »Ich komme im Anzug.«
»Boah, ey«, sagt sie, »ich glaub, ich komm auch im Anzug. Ich finde das Zeug alles so schrecklich.«
Sie hält ihre Zeitschrift hoch. Auf dem Titel steht *Bräute heute*, und dann grinst einem da eine Frau in einer textilen Buttercremetorte entgegen. Die Stirn der Frau sieht nicht so aus, als wäre dahinter ein Gehirn untergebracht.
Ich nehme ihr das böse Heft aus der Hand und sage: »Das ist ja auch nichts für dich.«
»Was ist dann was für mich?«
»Hm.« Ich muss nachdenken. »Kennst du die Schneiderzwillinge bei mir ums Eck?«
Sie schüttelt den Kopf.
Ich kucke auf die große Uhr an ihrer Wand. Es ist kurz vor sieben.
»Die haben bis halb acht auf«, sage ich. »Wenn wir Gas geben, schaffen wir das.«
Über ihr Gesicht ergießt sich ein Lächeln.

»Danke«, sagt sie, rutscht von ihrer Sitzgelegenheit, kommt hinterm Tresen vor, fällt mir um den Hals und kichert. »Ich hätte nicht gedacht, dass du mal so eine Art Stylingberatung aufmachst.«

Das hätte ich allerdings auch nicht gedacht.

»Okay«, sage ich, »ich das Taxi, du die Gäste.«

Ich stelle mich im Regen auf den Gehsteig und rufe bei der Taxizentrale an, während Carla ihren vernachlässigten Gästen erklärt, dass dieses Café hier heute früher schließt, und zwar genau jetzt.

☆

Die Schneiderzwillinge sind vermutlich einfach nur Brüder, aber für mich sind sie Zwillinge. Denn sie haben sich über die Jahre in ihrem winzigen Schneiderladen wesenhaft so angenähert, dass niemand sie mehr unterscheiden kann. Und sie sehen sich mit jedem Tag ähnlicher, wie das bei Geschwistern eben so ist, wenn sie älter werden. Außerdem tragen sie immer die gleichen klassischen Sachen. Im Winter dunkle Hosen und dunkle Rollkragenpullover, im Sommer dunkle Hosen und dunkle Hemden. Früher habe ich tatsächlich gedacht, da wäre nur ein Schneider im Laden. Bis ich sie einmal zusammen hab durch die Tür kommen sehen.

Sie sind tatsächlich immer zu zweit, es ist nie einer alleine im Laden. Während der eine vorn steht und sich unter dem schummrigen Kronleuchter um die Kundschaft kümmert, sitzt der andere hinten in der Schneiderwerkstatt und näht. Aber welcher von den beiden was macht, kann ich nicht mehr sagen. Ich weiß nur: Die Jungs sind Könner. Ihr Laden hat auch eher was von einem Herrenausstatter als von einer Schneiderei. Zum Sitzen gibt es alte braune Kinostühle und für die Wände rotgoldene Tapeten. In eleganten Glasvitrinen stehen Postkarten und Dankesbriefe von Hamburger Musikern und Theaterleuten, die der Kunst der Zwillinge vertrauen.

Wir grätschen gerade eben noch rein, sie sind im Begriff zu schließen, der Vorneschneider räumt schon die Sachen zusammen.

»Notfall«, sage ich und schiebe Carla vor mir her.

Der Vorneschneider lächelt zart, und das ist wirklich das charmanteste Lächeln der ganzen Straße. Ich mag es ja sowieso, wenn Männer um die sechzig auf ihre alten Tage noch mal ein Lächeln auspacken.

»Wie kann ich den Damen helfen?«

Die Zwillinge sprechen mit leichtem südeuropäischem Akzent, den ich aber keinem Land zuordnen kann.

»Ich heirate am Samstag«, sagt Carla. »Und ich brauche ein Kleid.«

Der Vorneschneider nickt und fängt sofort an, vorsichtig bei Carla Maß zu nehmen. Der Hintenschneider pütschert in der Werkstatt herum und winkt uns kurz zu. Ich grüße zurück.

»Gut«, sagt der Vorneschneider, rollt das Maßband ein und macht sich ein paar schluffige Notizen auf einem kleinen gelben Block. »Ich fahre morgen los und

schaue, was ich finden kann. Das könnten wir dann auch bis Samstag noch ändern, wenn es nicht passt.«
Wo er hinfährt, sagt er nicht.
Carla wirkt skeptisch. Ich lege ihr den Arm auf die Schulter.
»Er wird genau das finden, was du brauchst«, flüstere ich ihr zu.
»Welche Farbe?«, fragt er. »Nicht weiß, oder?«
Carla schüttelt den Kopf.
»Weiß muss nicht sein«, sagt sie und zwirbelt eine Haarsträhne zwischen ihren Fingern.
»Rot?«, fragt er, aber jetzt wirkt er skeptisch und macht die Augen klein.
Carla schüttelt noch mal den Kopf und sieht mich an.
»Nein. Rot ist Flamenco. Ich bin doch eher Fado, oder?«
Also. Carla ist zwar Portugiesin, die ersten acht Jahre ihres Lebens hat sie auch in Lissabon verbracht, und tatsächlich schleichen oft sehnsüchtige portugiesische Melodien durch ihr kleines Café am Hafen, aber ob sie deshalb wirklich Fado ist? Sie ist schon bodenständig und gefühlvoll. Aber ihr Beat geht anders. Zackiger. Sie wechselt ständig und unvorhersehbar die Richtung.
»Du bist Tango«, sage ich, und der Schneider sagt: »Ja. Sie ist Tango. Also schwarz oder schwarz-weiß. Richtig?«
Carla nickt. Doch. Das ist ein Nicken.
»Kommen Sie morgen Abend wieder, Madame, um die gleiche Zeit«, sagt er, lächelt jetzt sehr, sehr leise und schiebt uns freundlich, aber bestimmt aus seinem Laden. Dann schließt er ab und macht den Kronleuchter aus.

»Na«, sagt Carla, »da bin ich aber mal gespannt. Was machst'n jetzt noch?«
Hm. Mir wäre nach Bier. Ich weiß aber nicht so recht.
»Ich weiß nicht so recht«, sage ich.
»Ich kuck mal in die *Blaue Nacht*«, sagt sie, »Rocco hat heute Schicht.«
Ich hab keinen Bock auf Kneipe.
»Ich hab keinen Bock auf Kneipe«, sage ich, und ich finde es äußerst merkwürdig, mich das tatsächlich sagen zu hören. Klatsche hat vorhin kurz angerufen und gesagt, dass er heute Abend zu Hause ist.
»Ich hab Bock auf Klatsche«, sage ich.
»Recht haste«, sagt Carla.
Wir biegen gemeinsam um die Ecke, und da oben, zwei Häuser weiter im dritten Stock, sehe ich ihn auch schon auf seinem Balkon stehen. Das heißt, eigentlich ist Klatsche kaum zu sehen, da ist vor allem Rauch, sehr viel Rauch.
»Aha«, sagt Carla, »der Herr grillt offensichtlich. Aber wieso qualmt das so?«
»Zu viel Feuchtigkeit in der Luft«, sage ich und schlage meinen Mantelkragen hoch. Auch wenn es nur noch nieselt, fühlen sich nach einem Tag mit einem gnadenlosen Atlantiktief alle Knochen klitschnass an.
»Na dann«, sagt Carla und gibt mir einen Kuss auf die Wange.
»Na dann«, sage ich.
Ich bleibe noch eine Weile vor unserer Haustür stehen und schaue ihr hinterher. Wie sie in Clogs und Kleid die Straße entlangschwingt, Hüfte links, Hüfte

rechts, klack, klack. Irgendwie versetzt mir der Gedanke, dass sie am Wochenende heiraten wird, einen Stich.
Ich hab Angst vor Hochzeiten.

☆

Klatsche hat eine alte Matratze ins Balkonzimmer gelegt, direkt an die Balkontür. Provisorische Balkonvergrößerung bei Regen. Wir liegen auf dem durchgetanzten Ding, ineinander verkeilt, als wären wir ein Tintenfisch. Der Grill ist unser Lagerfeuer, der Himmel unser Dach. Ab und an tropft es vom Balkon obendrüber auf unser Geländer, die Tropfen sind unsere Musik. Klatsche hat für sich ein Steak gegrillt und für mich ein Stück Halloumikäse, weil ich schon eine ganze Weile kein Fleisch mehr essen mag. Er hat neuerdings immer ein Stück Käse für mich im Haus. Er kauft für mich ein. Manchmal frage ich mich, was das bedeutet, schiebe es dann aber erschrocken weg.
Die Wolken ziehen schnell, hin und wieder sind die Sterne zu sehen.
»Kuck mal«, sagt Klatsche.
»Ja«, sage ich, »die Sterne.«
»Was hast du für ein Glück, dass du damals neben mir eingezogen bist«, sagt er.
»Moment«, sage ich, »du bist neben mir eingezogen, oder?«

Ehrlich gesagt, weiß ich es aber auch gar nicht mehr so genau.
Irgendwann vor all den Jahren haben wir uns im Treppenhaus zu lange angekuckt, haben dann zu viele Tequilas miteinander getrunken, sind am Ende in meinem Bett gelandet und da viel zu lange nicht mehr rausgekommen. Danach ging das eben seinen Gang mit mir und meinem jugendlichen Nachbarn. Mal besser und mal schlechter. Im Moment läuft's ganz gut, das heißt aber natürlich nichts.
»Mir doch egal, wer wann eingezogen ist«, sagt Klatsche, der Ex-Einbrecherkönig und Kiezgastronom. »Im Zweifel leidest du an Altersdemenz, Baby.«
Ich bin zu müde, um zu schimpfen, er nutzt es aus und macht den Tintenfisch noch verdrehter.
Und dann, plötzlich, ist es schon so spät, dass der dicke, graue Morgen über die Dächer gekrochen kommt.

IV.

Nachrichten

⁂

Zwanzig nach neun. Der Calabretta, der Inceman und ich warten vor dem Vernehmungszimmer auf Dr. Henning Sackmann. Oberstaatsanwalt Schubert wartet hinter dem verspiegelten Fenster. Nur Sackmann, der ist bisher nicht aufgetaucht. Ich habe zweimal bei ihm angerufen, zweimal ist er nicht rangegangen.

»Da stimmt was nicht«, sagt der Calabretta.

Der Inceman hat die Ellbogen auf die Knie gestützt und das Kinn in die Hände.

»Sackmann ist abgehauen«, sagt er finster.

Der Calabretta schüttelt den Kopf.

»Das glaube ich nicht. Los. Wir fahren hin.«

⋆

In Henning Sackmanns Villa sieht es aus, als wäre er nur mal eben mit dem Luchs rausgegangen, in der Küche steht noch das Geschirr von gestern Abend, die Autos parken brav in der Tiefgarage. Nur dass der Luchs mit aufgeschlitzter Kehle im Garten liegt.

Auf dem Wasser, am Sackmannschen Alstersteg, dümpelt ein kleines Ruderboot im Nieselregen. Auf dem Rasen vor dem Steg färbt das Blut der toten Raubkatze das Gras dunkelrot. Wir stehen am Ufer, warten auf die Kollegen von der Spurensicherung und können uns nicht von dem armen Tier losreißen. Ich habe das Gefühl, es hier nicht einfach so liegen lassen zu können.

Immer wieder müssen die dran glauben, die so gar nichts mit der Sache zu tun haben. Und immer wieder legt sich mir in solchen Momenten eine große, graue Schuld auf den Kopf.

»Wer macht denn so was?«

Der Calabretta und der Inceman haben die Hände in den Hosentaschen und schauen aufs Wasser.

Der Calabretta sagt: »Jemand, der jemand anderem etwas mitteilen möchte. Ein totes Tier ist eine unmissverständliche Warnung.«

»Halt's Maul, sonst schlitz ich DIR die Kehle auf?«, frage ich.

»Richtig«, sagt der Inceman.

Huch. Hat der etwa gerade mit mir geredet? Er schaut weiter aufs Wasser und rührt sich nicht.

»Und Henning Sackmann hat die Warnung verstanden und ist längst über alle Berge«, sage ich.

»Nein«, sagt der Calabretta. »Der Luchs ist für jemand anderen bestimmt.«
»Für wen?«, fragt der Inceman.
»Keine Ahnung«, sagt der Calabretta.
»Und wo zum Teufel ist Sackmann?«, frage ich.
»Endstation Nordsee«, sagt der Calabretta. »Betonschuhe an, dicke Plastikfolie rum, löst sich dann in frühestens 500 Jahren auf. Und auch wenn die Großfahndung nach ihm schon läuft, verwette ich meine Lederjacke, dass wir den nie wiedersehen.«
Ich weiß nicht. Ich finde, das hört sich übertrieben an.
»Finden Sie nicht, dass sich das ein bisschen übertrieben anhört?«
»Meine Familie kommt aus Neapel«, sagt der Calabretta. »Ich kenne mich aus mit dieser Masche, glauben Sie mir. Tote Tiere sind so was von eindeutig. Kann ich jetzt bitte eine Zigarette haben?«
»Okay«, sage ich, »dann spucken Sie's endlich aus. Wer hat da Ihrer Meinung nach die Finger drin?«
Wir glauben alle drei zu wissen, wer da die Finger drinhat. Die Zeichen blinken immer greller, sie schreien fast schon: HIER! Ein Killer mit einem osteuropäischen Akzent. Eine Mini-Uzi aus dem Balkankrieg. Eine brutale Mafianummer mit einem harmlosen Haustier.
Der Calabretta zuckt mit den Schultern und sagt: »Wir dürfen uns da nicht verrennen, Leute.«
Er fürchtet sich, wie wir alle. Er fürchtet sich davor, die Jagd auf den Albaner ein weiteres Mal für eröffnet zu erklären. Und dann ein weiteres Mal zu scheitern. Es

gibt Polizisten, die haben sich an einem einzigen Mann die Zähne ausgebissen. Die sind darüber bekloppt geworden. Da ist der Täter zum Gegenspieler geworden. Der Calabretta ist noch nicht ganz auf dem Weg dahin, aber er sieht die Schilder.

Sie sitzt genau da, wo sie auch am Sonntag saß. Auf einer Plastiktüte, unter der Brücke, die zum Fähranleger führt. Ihr trauriger schwarzer Hund sitzt neben ihr und kuckt aufs Wasser. Sie hat den Arm um ihn gelegt, der Hund drückt sich an sie. Ich weiß auch nicht, warum genau ich aufs Schiff gestiegen und wieder hierhergefahren bin. Ich musste an sie denken. Sie hat irgendetwas, das mich nicht loslässt. Vielleicht ist es auch der Hund. Vielleicht musste ich nach dem toten Tier ein lebendiges sehen. Wenn auch ein depressives.

»Hey«, sage ich.

Sie lächelt, als sie mich sieht, und flüstert ihrem Hund was ins Ohr. Der Hund seufzt erleichtert.

»Was haben Sie ihm erzählt«, frage ich.

»Ich habe ihm nur gesagt, dass es jetzt Zigaretten gibt«, sagt sie.

»Stimmt«, sage ich, gehe neben den beiden in die Knie, hole zwei Luckys aus meiner Packung, zünde sie an und stecke dem Hund eine von beiden zwischen die

Lippen. Er atmet ein und wieder aus und sieht mich mit seinen glasigen Augen dankbar an.
»Kaufen Sie ihm doch einfach mal ein paar Kippen«, sage ich. »Wie heißt er denn eigentlich?«
»Kleiner Donner«, sagt sie. »Das ist ein wilder Mustang aus einer Indianergeschichte.«
Ich ziehe die Augenbrauen hoch. Selten ein Wesen mit einem so unpassenden Namen getroffen.
Sie legt ihren Kopf auf den Kopf vom Kleinen Donner, der raucht und schaut und seufzt.
»Und wie heißen Sie?«, fragt sie.
»Chastity«, sage ich.
»Sie kommen nicht von hier?«
»Mein Vater war Amerikaner.«
»Verstehe«, sagt sie und sieht mich an.
»Und Sie?«, frage ich.
»Ich bin Marokkanerin. Meine Familie kommt aus Essaouira, einer Stadt am Atlantik.«
Sie macht die Augen zu.
»Da weht immer ein so heftiger Wind, dass es keine Wolken gibt. Da scheint immer die Sonne.«
»Was machen Sie dann hier in Hamburg?«, frage ich.
»Das frage ich mich auch schon eine ganze Weile«, sagt sie und wirft einen enttäuschten Blick auf die Elbe.
Sie steht auf, streicht ihren Sommermantel glatt, streckt mir die Hand hin und sagt: »Ich heiße Naima.«
Es klingt, als würde sie sagen: *Ich bin die Königin der Wüste.* Ich nehme Naimas Hand und halte sie einen Moment lang fest.

Kleiner Donner rutscht mit seinem Hundepo ein Stück zur Seite, bis er auf der Plastiktüte sitzt. Von seiner Zigarette fällt etwas Asche auf den Strand. Direkt neben uns landet eine Bande von struppigen Möwen im nassen Sand. Naima greift in ihre Tasche, holt eine Tüte mit trockenem Brot heraus und hält sie mir hin.

»Bitte.«

»Danke«, sage ich, nehme ein paar Brocken Brot aus der Tüte und werfe sie den Möwen vor die Füße. Sie sind vorsichtig, sie stürzen sich nicht darauf. Aber sie nehmen das Brot wahr, und es scheint sie zu beruhigen, dass es da ist. Sie hören auf mit ihren Möwenschreien und werden ganz still.

Naima nimmt sich auch ein Stück Brot, legt es auf ihre Hand, hält die Hand in die Luft und wartet. Es dauert keine zehn Sekunden, da kommt die erste Möwe geflogen, setzt sich ganz kurz auf Naimas Hand und schnappt sich das Brot. So geht das ein paar Mal. Als würden die sich kennen, die Frau und die Wasservögel.

»Sie haben keine Angst vor Menschen, man darf sie nur nicht erschrecken«, sagt Naima. »Früher, als ich noch ein kleines Mädchen war, hatten wir immer Möwenfamilien auf unserer Dachterrasse. In Essaouira leben die Möwen und die Menschen gemeinsam auf den Dächern.«

Sie sieht mich an, als würde sie damit rechnen, dass ich etwas davon verstehen würde. »Wo wohnen Sie?«

»Auf Sankt Pauli«, sage ich. Das ist vielleicht wirklich so ähnlich wie eine Dachterrasse. Eine Dachterrasse für alle, und jeder darf sein, wie er will.

»Ich wohne da oben«, sagt sie, sie zeigt mit dem Finger hinter sich in Richtung Flottbek. »Aber mein Zuhause ist es nicht. Ich dachte mal, das könnte noch werden.« Sie hält ihr letztes Stückchen Brot in die Luft.
»Ist aber nicht passiert.«
Möwe, schnapp, weg.
»Sind Sie hier zu Hause?«, fragt sie mich.
Hm. Manchmal ja, manchmal nein. Das wäre aber wahrscheinlich überall so.
»Ich habe einen Nachbarn«, sage ich. »Bei dem bin ich zu Hause.«
Der Regen wird wieder stärker, Naima setzt sich zurück unter die Brücke, ganz nah an den traurigen Kleinen Donner ran. Ich setze mich dazu, halte aber ein bisschen Abstand. Dann schauen wir den schweren Tropfen zu, wie sie aufs Wasser fallen, und beides zusammen ergibt demnächst wahrscheinlich einen neuen Ozean, und ich lasse ein Schiff nach dem nächsten abfahren, bis es irgendwann so spät und nass und dunkel ist, dass nur noch die Taxizentrale helfen kann.

V.

Gewitter

★ ★ ★

Klatsche schläft noch, er hat gestern Abend lange in der *Blauen Nacht* hinterm Tresen gestanden. Ich hab ihn nicht gehört, als er zur Tür reingekommen ist, ich bin nur irgendwann heute Nacht aufgewacht, und da lag ich in seinem Arm und dachte: Genau. Mein Nachbar.

Ich stehe am Wohnzimmerfenster und trinke Kaffee, ich will gleich heute Morgen ins Präsidium, ich spüre, dass ich unruhig werde, und da klingelt auch schon mein Telefon. Der Calabretta ist dran.

»Na?«, sage ich. »Wie sieht's aus?«

»Immer noch kein Lebenszeichen von Sackmann«, sagt er, »trotz Fahndung auf allen Kanälen.«

»Was sagt die Spurensicherung? War jemand in Sackmanns Haus?«

»Sie haben nichts gefunden«, sagt er.

»Haben wir vom Flughafen schon die Passagierlisten der letzten 48 Stunden?«

»Ja«, sagt er. »Nichts. Und ich habe gestern Abend noch mit Sackmanns Anwalt gesprochen. Der hatte angeblich keine Ahnung davon, dass sein Mandant vorhatte, mit uns zu reden.«

»Warum wollte er das denn bitte alleine machen? Solche Typen machen nichts ohne Anwalt. Schon gar nicht mit der Polizei verhandeln.«

»Vielleicht lügt der Anwalt«, sagt der Calabretta.

»Wieso sollte er?«, frage ich.

»Das ist nicht der Punkt«, sagt der Calabretta. »Der Punkt ist, dass irgendjemand wem auch immer gesteckt hat, dass Henning Sackmann mit uns reden will.«

»Stimmt«, sage ich. »Und Sie glauben, das war sein Anwalt?«

»Wer denn sonst? Also, ich war's nicht.«

»Geben Sie die Fahndung nach Sackmann an die Presse«, sage ich.

»Sicher?«, fragt er. »Das gibt 'n Auflauf, das ist Ihnen schon klar, oder?«

»Klar«, sage ich. »Aber ich will alle erreichen, die Sackmann gesehen haben könnten. Taxifahrer, Zugpersonal, alle.«

»Sie erreichen damit auch den, der wissen soll, dass Sackmanns Luchs aufgeschlitzt wurde, Chef.«

»Ich weiß«, sage ich.

»Sie machen sich zum Überbringer der Botschaft.«

»Ich will, dass Bewegung reinkommt.«

»Na dann«, sagt der Calabretta.

»Bis gleich«, sage ich und lege auf.
Ich trinke meinen Kaffee aus, schnappe meinen Mantel und verlasse das Haus.
Noch ist es trocken, aber der Himmel sieht nicht gut aus.

✯

Manche von uns sitzen an dem großen Tisch in der Mitte, manche nicht. Ich lehne zusammen mit dem Tschauner am gekippten Fenster. Wir rauchen. Der Calabretta hat einen Stapel Papier vor sich und sieht ihn durch. Kringe und Bartels sitzen ihm gegenüber, der Brückner daneben. Er spielt mit dem in eine Plastiktüte eingepackten Uzi-Magazin, dreht es zwischen den Fingern hin und her.
»Also«, sagt der Calabretta, »auch wenn ich nicht glaube, dass das hier viel bringt, haben die Kollegen Schulle und Brückner die Namen aller schweren Jungs aus dem System geholt, die in den letzten zehn Jahren mit einer Uzi oder anderen automatischen Waffen auffällig geworden sind.«
Er rollt mit seinem Schreibtischstuhl ein Stück nach hinten und verschränkt die Arme.
»Wir gehen die jetzt alle durch und klopfen die Herren auch darauf ab, ob sie in irgendeiner Beziehung zum Albaner stehen.«
Er räuspert sich.

»Da kommen am Ende wahrscheinlich so fünfzehn bis zwanzig Kandidaten raus. Und die knöpfen wir uns dann vor.«
»Meinen Sie, damit haben wir Glück?«, frage ich.
»Mol kieken, nä«, sagt der Brückner und legt das Magazin vor sich auf den Tisch.
»Bitte schön«, sagt der Calabretta. Er schiebt den Stapel Blätter in die Mitte. »Bedienen Sie sich. In zwei Stunden tanzt Oberstaatsanwalt Schubert hier an, wäre gut, wenn wir dann fertig sind.«
Wie bitte? Was will der denn hier?
»Warum weiß ich davon nichts?«, frage ich.
»Ich dachte, das wäre mit Ihnen abgesprochen«, sagt der Calabretta.
Ich schüttele den Kopf. »Ist es nicht.«
Hm. Kann ja mal passieren.
»Egal«, sage ich. »Wann knöpfen wir uns eigentlich Dr. Sackmanns Anwalt vor?«
Die Kollegen sehen mich etwas verständnislos an. Der Calabretta setzt sie ins Bild:
»Wir vermuten, dass er es war, der Sackmanns Kooperationsabsichten ausgeplaudert hat.«
»Er ist einfach der Einzige, der in Frage kommt«, sage ich. »Es sei denn, jemand von uns hat Kontakt zu den Herrschaften, die Henning Sackmanns Raubkatze aufgeschnitten haben.«
Gelächter.
Aber fröhlich hört sich das nicht an.

☆

Oberstaatsanwalt Schubert wirkt müde und durchgesessen. Als wäre der stählerne Panzer, den er sonst immer trägt, irgendwo auf dem Weg zwischen dort und hier verlorengegangen. Er sieht aus wie der schwarze Ritter ohne Kostüm. Er tut mir fast ein bisschen leid, aber ich kann mich gerade noch im Zaum halten.
Er lehnt in der Nähe der Tür an der Wand, hat die Arme verschränkt und wartet offenbar darauf, dass wir berichten. Ich schaue den Calabretta an. Soll ich? Oder möchten Sie? Der Calabretta schürzt die Lippen, nickt mir zu. Das heißt so viel wie: Danke, ich mach schon.
Er baut sich vor der Magnetwand auf und fängt an, der Reihe nach acht Bilder von Männern an die Wand zu pinnen, rund um das Bild von der mutmaßlichen Tatwaffe, einer Mini-Uzi. Unter den Bildern steht jeweils eine stichwortartige Biographie des Abgebildeten. Was wir eben so von ihm wissen. Der Calabretta kuckt einmal in die Runde, dann sieht er Oberstaatsanwalt Schubert an.
»Das«, sagt er, »sind alle, die in den letzten zehn Jahren in Hamburg ein Verfahren wegen Verstoßes gegen das Kriegswaffengesetz anhängig hatten, im Moment auf freiem Fuß sind und im weitesten Sinne unserer Täterbeschreibung entsprechen. Wir waren da ziemlich großzügig.«
Er knetet kurz seine Hände und lässt seine Fingerknöchel knacken. Mein italienischer Kollege ist nervös. Die Jagd ist eröffnet.

»Und das«, sagt er und hängt noch mal fünf Bilder von fünf verschiedenen Männern auf, »sind eine Handvoll Stammkunden, die ständig mit kleineren Verstößen gegen das Waffengesetz auffallen. Passen nicht unbedingt in unser Täterprofil, könnten uns aber vielleicht als Informationsquelle nützlich sein.«

»Aha«, sagt Oberstaatsanwalt Schubert, nickt und zieht die linke Augenbraue hoch.

»Diese dreizehn Männer«, sagt der Calabretta, »werden ab heute Mittag ausgiebig von uns belästigt. Und zwar so lange, bis wir einen brauchbaren Hinweis darauf zu hören bekommen, wer unsere beiden Kollegen auf dem Gewissen haben könnte.«

»Gefällt mir gut«, sagt Oberstaatsanwalt Schubert, »das Milieu ordentlich aufscheuchen. Die sollen ruhig merken, dass ein Polizistenmord für alle ganz, ganz schlecht ist.«

Schubert macht keine Anstalten, sich wirklich zu uns in den Raum zu begeben und seinen Platz an der Tür aufzugeben. Die Schatten um seine Augen wirken im kalten Licht des Regensommers anthrazitfarben.

»Irgendein Lebenszeichen von diesem verschwundenen Immobilienkönig Sackmann?«, fragt er.

»Nein«, sage ich. »Wenn wir hier fertig sind, machen Kommissar Calabretta und ich uns auf den Weg zu seinem Anwalt. Wir glauben, der hat wen auch immer informiert, dass Sackmann mit uns reden wollte.«

Oberstaatsanwalt Schubert nickt und sagt leise: »Das könnte natürlich sein.«

Er macht ein nachdenkliches Gesicht, das ich höchst ungewöhnlich finde. Ich traue diesem Mann einfach nicht zu, dass ihm irgendwas wichtig ist.
»Sackmanns Anwalt ist der Einzige, der als undichte Stelle in Frage kommt«, sagt der Calabretta und krempelt die Ärmel seines hellbraunen Hemds hoch.
Oberstaatsanwalt Schubert nickt.
»Gut. Schnappen Sie sich den Mann.«

☆

Unsere Männer sind in Zweierteams unterwegs. Sie ziehen den Kiez auseinander und versuchen so schnell wie möglich an die Waffenganoven ranzukommen. Der Inceman und der Tschauner sind auf der Reeperbahn, der Schulle und der Brückner nördlich davon und rund ums Millerntor, der Kringe und der Bartels südlich der Reeperbahn und rund ums Nobistor.
Der Calabretta und ich fahren an der Alster entlang. Die Kanzlei von Dr. Sebastian Diekmeier liegt am Mittelweg, im feinen Pöseldorf. Früher war die Ecke mal schön und auf eine unaufdringliche Art verwunschen, heute ist sie eher fies. Die Leute halten ihr Geld zum Fenster raus und lassen es im Wind wehen. Erstens, weil sie so viel davon haben, dass es egal ist, wenn mal was in den Vorgarten fällt. Zweitens, damit es jeder sehen kann. Der Calabretta parkt seinen Dienstwagen diskret in einer der kleineren Seiten-

straßen. Wir wollen nicht gleich den Dicken machen und auffallen.

Es ist immer noch trocken, die Wolken haben sogar Risse bekommen, aber da weht ein amtlicher Wind aus Nordost. Als wir in den noblen, geschäftigen Mittelweg einbiegen, ziehe ich meinen Mantel an und schlage den Mantelkragen hoch, der Calabretta steckt die Hände in die Taschen seiner abgeliebten Lederjacke. Ich muss kurz grinsen, weil mir bewusst wird, wie wir aussehen. Als hätte jemand Inspector Columbo in zwei Teile geschnitten und auf einen Mann und eine Frau verteilt. Die Frau trägt den knittrigen Trenchcoat, der Mann das ungebügelte Gesicht. Beide sind etwas löchrig in der Herzgegend. Und so verdammt altmodisch. In einer Straße wie dieser, in der alles glänzt und jede Falte sofort glatt gezogen wird, sind wir Aliens, der Calabretta und ich.

Wir laufen an einem Laden vorbei, in dem es Pelzmäntel für Hunde zu kaufen gibt. »Pffh«, macht der Calabretta und schüttelt den Kopf. Ich stecke mir *keine* Zigarette an, denn die Kanzlei Diekmeier liegt genau neben der Hundepelzboutique.

☆

Diekmeiers Sekretärin trägt einen dünnen rosa Pulli, einen kurzen beigen Rock, beige Pumps, beige glänzende, lange Haare und eine operierte Nase, die etwas zu klein geraten ist. Insgesamt sieht sie aus, als würde

sie konsequent daran arbeiten, immer kleiner zu werden. Ihre Stimme ist leise und piepsig. Die Frau ist ein entfärbter Kanarienvogel. Und sagt, sie hätte keine Ahnung, wo ihr Chef ist.
»Er ist vor einer halben Stunde gegangen«, flüstert sie, obwohl niemand hier ist, der uns belauschen könnte.
»Hat er gesagt, wann er wiederkommt?«, frage ich. Sie schüttelt den Kopf. Sie macht nicht den Eindruck, als ob sie sich Menschen merken könnte, die nicht sofort mit Visitenkarten um sich schmeißen. Also schiebe ich ihr meine Karte rüber, zur Sicherheit. Wir haben uns zwar laut und deutlich vorgestellt, aber nur meine Telefonnummer zu hinterlassen erscheint mir riskant. Sie würde uns sofort wieder vergessen. Diese Frau bettelt darum, gefälligst beeindruckt zu werden.
»Richten Sie Herrn Diekmeier bitte aus, dass er sich schnell bei uns melden soll.«
»Wir bleiben hier in der Nähe«, sagt der Calabretta, und das sagt er sowohl zu ihr als auch zu mir.
Die Sekretärin piepst einmal zum Abschied, ich habe nicht verstanden, was es heißen sollte.

☆

Wir sitzen auf einer weißen Bank an der Alster, sehen dem im Gegensatz zur eher orientierungslos aufgewühlten Elbe sehr geordneten Wellenschlag zu und denken nach, als kurz hintereinander zuerst Diekmei-

ers Vogelsekretärin und dann der Inceman anrufen. Das Vögelchen mich, der schöne Türke den Calabretta. Dr. Diekmeier sei jetzt wieder da, zwitschert das Vögelchen.
»Wir kommen sofort«, sage ich.
Der Inceman berichtet dem Calabretta von zwei Kandidaten, die er auffällig nervös fand und die wir uns noch mal genauer ansehen sollten. Er hat sie unter wilden Andeutungen für morgen in die Wache an der Lerchenstraße bestellt. Das ist okay, das hätte ich auch so gemacht. Trotzdem fühle ich mich, als würden wir in einer Zeitschleife aus Aktionismus feststecken. Als wäre das alles umsonst. Wir finden in einer Tour neue Ermittlungsansätze, aber das Einzige, was wir haben, sind zwei tote Polizisten, einen verschollenen Kronzeugen und eine böse Ahnung. Verdammte Hacke.
Wir marschieren schweigend zurück zu Diekmeiers Kanzlei. Ich weiß, dass es dem Calabretta genauso geht wie mir. Wir haben uns nur bisher nicht getraut, es auszusprechen. Und auch wenn ich es überhaupt nicht beim Namen nennen kann: Ich habe das dumpfe Gefühl, dass hier was kolossal schiefläuft. Und ich glaube, dass der verschwundene Sackmann der Schlüssel zu allem ist. Der Moment, in dem wir den toten Luchs im Garten gefunden haben, das war der Punkt, ab dem alles anfing, uns zu entgleiten.
»Hier läuft was schief«, sage ich zum Calabretta, als wir die Stufen zur Kanzlei hochsteigen.
Er sieht mich an und sagt: »Ich weiß. Das läuft so beschissen schief, wie es nur schieflaufen kann. Aber wir

müssen Geduld haben, Chef. Wir müssen überall sein und uns auf die Lauer legen. Und irgendwann kriegen wir irgendwen zu packen.«
Diese Steintreppen hier sind so blank poliert und kalt wie Sackmanns Luxuskarossen. Eins weiß ich: Hier leg ich mich sicher nicht auf die Lauer.
Sebastian Diekmeier empfängt uns schon an der Tür. Er ist ebenso zierlich wie seine Sekretärin, aber statt in Beige und Rosé ist er eher in Grau und Blau gehalten. Seine Haare sind von der gleichen undefinierbaren Farbe wie seine Krawatte, ich würde es *steinfarben* nennen, und korrekt auf Fasson geschnitten. Mir reicht ein Blick in seine Augen, um zu wissen, dass er nichts mit dem Verschwinden von Henning Sackmann zu tun hat. Diekmeier ist ein staubtrockener Jurist, der eher schlecht in diese großkotzige Glamourgegend in Pöseldorf passt. Wahrscheinlich hat er sowohl die Kanzlei als auch einige seiner illustren Mandanten von seinem Vater übernommen, wie das eben so ist.
Diekmeier ist vollkommen verunsichert, geradezu aufgewühlt.
»Kommen Sie doch bitte rein«, sagt er. »Und entschuldigen Sie, dass ich nicht sofort für Sie zu sprechen war.«
Er geht im gesetzten Stechschritt in sein Büro voraus, ein unauffälliges, zackiges kleines Männchen. Einer von diesen Typen, denen man ansieht, dass sie beim Militär waren, dort aber immer nur auf die Fresse gekriegt haben.

In seinem Büro bittet er uns, auf einem eleganten Ledersofa Platz zu nehmen. Er selbst zieht sich einen ergonomisch geformten Hocker hinterm Schreibtisch hervor. Aha. Rückenbewusst, der Herr Anwalt.
»Als ich heute Vormittag im Radio gehört habe, was mit Dr. Sackmanns Haustier passiert ist«, sagt er und setzt sich umständlich auf seinen Hocker, »und als mir klarwurde, dass Sie im großen Stil nach ihm fahnden, wurde mir erst bewusst, warum Sie mich angerufen und nach ihm gefragt haben.« Er sieht den Calabretta an. »Das waren doch Sie, oder?«
Der Calabretta nickt. »Das war ich.«
Er scheint Diekmeier noch nicht ganz zu trauen. Er hat sein mürrisches Italienergesicht aufgesetzt.
»Ich hatte das bis dahin vollkommen falsch eingeschätzt«, sagt Diekmeier. »Ich dachte, es geht nur um einen verpassten Termin für irgendwas.« Er atmet tief durch und sieht uns beide lange an. »Ich versichere Ihnen, ich hatte keine Ahnung davon, dass mein Mandant mit Ihnen sprechen wollte. Und ich bin auch jetzt noch ziemlich ratlos, um was es gegangen sein könnte.«
Wir sagen nichts, wir hören nur zu. Der hier redet von alleine. Der will mit was auch immer nichts zu tun haben und hat es auch nicht.
Diekmeier sieht aus dem Fenster, dann sieht er uns wieder an, erst den Calabretta, dann mich.
»Ich hatte gerade sehr unangenehmen Besuch«, sagt er.
Der Calabretta beugt sich ein Stück nach vorne, sein Gesicht wird durchlässiger. »Ihre Sekretärin sagte, Sie wären nicht da.«

»Das sagt sie immer, wenn ich nicht gestört werden will oder kann«, sagt Diekmeier, »das haben wir mal so abgesprochen. Ich war die ganze Zeit hier, ich war nur nicht allein.« Er nestelt an seinem Hemdkragen. »Da waren zwei Herren, wobei ich sie nicht als Herren bezeichnen würde. Der eine hat sich gar nicht die Mühe gemacht, mit mir zu sprechen. Und der andere hatte einen ziemlichen Ton am Leib.«
»Was hat er gesagt?«, frage ich.
»Er hat mir erst mal unmissverständlich mitgeteilt, dass ich seinen Besuch ganz schnell wieder zu vergessen hätte, sonst würde, wie er sich ausdrückte, *was passieren.* Das Ganze hat er mit einer Waffe unterstrichen, die er höchst auffällig unter seinem Jackett trug.«
»Was wollte er von Ihnen?«, frage ich.
»Mir Angst machen. Ich soll in den nächsten Wochen mit niemandem reden, und ich schätze mal, er meinte damit Leute wie Sie.«
»Worüber sollen Sie nicht reden?«, fragt der Calabretta.
»Keine Ahnung«, sagt Diekmeier, »das hat er nicht gesagt. Ich hatte den Eindruck, er wusste selber nicht, worum es hier eigentlich geht, außer um prophylaktische Einschüchterung. Oder er dachte, ich hätte irgendeine Information, von der ich aber wiederum nicht die leiseste Ahnung habe. So oder so wüsste ich jetzt natürlich zu gern, wer mir die beiden Kerle auf den Hals gehetzt hat.«
Sebastian Diekmeier ist entschlossener, als ich dachte. Dass der überhaupt mit uns redet, wo ihm doch so nachdrücklich davon abgeraten wurde.

»Ich nehme an, Sie können die Herren beschreiben«, sagt der Calabretta.
Diekmeier nickt. »Natürlich. Sie waren beide vielleicht Mitte dreißig. Der eine war ungefähr eins fünfundsiebzig groß, eher bullig, schwarze Haare. Der andere, der, der geredet hat, war kleiner, vielleicht eins fünfundsechzig, und dunkelblond. Beide trugen eine Art Schlägeruniform, was man in dem Job eben so trägt heutzutage. Hellblaue Jeans, schwarzes T-Shirt, schwarzes Jackett, schwarze Turnschuhe. Die Waffe, die der Dunkelblonde trug, war meiner Ansicht nach eine Beretta.«
Der Calabretta zieht anerkennend die Mundwinkel nach unten. »Sonst noch was?«
»Osteuropäischer Akzent, zumindest der, der geredet hat, von dem anderen weiß ich es ja nicht.« Diekmeier lächelt ein winziges Lächeln. »Und ich habe ein Autokennzeichen.«
»Das ist ja ’n Ding«, sage ich.
»Nachdem die beiden meine Kanzlei verlassen haben«, sagt Diekmeier, »bin ich ihnen hinterher. Ich wollte nicht einfach so eingeschüchtert werden und dann reglos an meinem Schreibtisch sitzen bleiben. Ich fand das unerhört.«
Diekmeier ist ein lupenreiner Hamburger Bürger. Und wenn sein Vater ihn gelassen hätte, wäre er vielleicht sogar lieber Polizist als Anwalt geworden. Er greift in die Innentasche seines Jacketts, zieht sein Telefon raus, tippt drauf rum und sagt: »Haben Sie was zu schreiben?«

Der Calabretta zückt Block und Stift.
»HH NP 2307, ein schwarzer Mercedes C-Klasse.«
»Ist notiert«, sagt der Calabretta. »Wir kümmern uns darum und halten Sie auf dem Laufenden.«
»Ich Sie auch«, sagt Diekmeier. »Vielleicht meldet sich Dr. Sackmann ja noch bei mir.«
»Das glaube ich nicht«, sagt der Calabretta, und ich weiß nicht, ob Diekmeier begreift, was der Calabretta damit meint. Ob er überhaupt ansatzweise ahnt, mit wem wir es hier womöglich zu tun haben. Und wer Sackmann aus dem Weg geschafft hat.
»Ich möchte, dass Sie meine Telefonnummer speichern«, sage ich. »Und dass Sie mich anrufen, sobald Ihnen irgendwas komisch vorkommt.«
Diekmeier nickt.
»Außerdem werden wir zwei Kollegen in Zivil abstellen, die ein bisschen auf Sie aufpassen«, sage ich.
»Danke«, sagt er. »Aber ist das denn nötig?«
»Ich möchte es nicht darauf ankommen lassen«, sage ich. »Die Kollegen kommen dann noch heute bei Ihnen vorbei. Damit Sie Bescheid wissen, wer Sie im Auge hat.«
»In Ordnung«, sagt Diekmeier.
Wir verabschieden uns, mit einem Autokennzeichen in der Tasche. Und der Frage im Kopf, wer wohl als Nächstes zum Schweigen gebracht werden soll. Hoffentlich kommt der nette Anwalt heil aus der Sache raus.
»Es geht hier nicht nur um den Mord an den beiden Polizisten«, sagt der Calabretta. »Es geht um etwas,

das viel größer ist, schwarz und ekelerregend. Es breitet sich immer mehr aus. In uns und in unserer Stadt.« Und im Zentrum der ganzen Schweinerei sitzt der Albaner wie die Spinne in ihrem Netz. Ich sehe nach oben. Die Wolkendecke ist wieder dichter geworden.

☆

Wir sind im Präsidium, unsere Jacken und Mäntel liegen kreuz und quer auf den Tischen, der Regen pütschert unpassend gelangweilt vom Himmel. Wir durchkämmen die Hamburger Zulassungsdaten, und es ist, wie es ist: Das Autokennzeichen HH NP 2307 ist nicht vergeben. Es war mal vergeben, an eine Mirjeta Krasniqi und einen schwarzen Mercedes. Der Mercedes wurde vor zwei Jahren als gestohlen gemeldet. Seitdem ist das Kennzeichen tot. Wir haben es bei dem schwarzen Mercedes, den Diekmeier gesehen hat, also mit einem Geisterauto zu tun, das Kennzeichen ist eine Dublette. Das ist für uns allerdings nicht so aussichtslos, wie es klingt. Mirjeta Krasniqi kennen wir nicht, aber wir kennen Kushtim Krasniqi, Mirjetas Ehemann. Und Krasniqi ist eine der vielen rechten Hände des Albaners.

»Na also«, sagt der Calabretta. »Geht los jetzt.«

Der Inceman schnappt sich seine Lederjacke und sagt zum Calabretta: »Kommen Sie, ich weiß, wo wir Krasniqi finden.«

Der Calabretta springt auf, der Tschauner auch.
»Halten Sie hier Wache, Chef?«
Klar. Wache halten kann ich super.

☆

Heute Abend: keine einzige Couch auf der Straße. Keine Sonnenschirme. Es gewittert. Die *Blaue Nacht* zittert im Wetter. Früher war es mal so, dass ein Gewitter Sonne und Hitze brauchte, um entstehen zu können. Inzwischen ist das wohl nicht mehr so, wochenlanger Regen ist vollkommen ausreichend. Und eben ist der Strom ausgefallen. »Klack« hat es gemacht, dann war es an der Theke so dunkel wie in meinem Kopf nach sieben Wodka Tonic. Klatsche zündet Kerzen an und stellt sie auf den Tresen und die Tische. Die paar Gäste, die es bis hierher geschafft haben, rutschen näher zusammen. Klatsche und ich auch. Wir setzen uns auf die prusselige Draußencouch, die Asyl unter einem Fenster gefunden hat. Klatsche legt seinen Arm um mich, trinkt ein Bier, und ich frage ihn ein bisschen nach Krasniqi aus. Auch wenn es mir manchmal merkwürdig vorkommt, eine so große Nähe zu einem ehemaligen Kriminellen entwickelt zu haben, ist das nicht nur meiner ruhelosen Seele, sondern auch meinem Job zuträglich. Klatsche weiß oft einfach Dinge, die wir nicht wissen *können.*
Die Kollegen haben Krasniqi heute Nachmittag nicht erwischt, sie haben gefühlte siebzehn Läden auf den

Kopf gestellt, in denen er wohl regelmäßig verkehrt, aber: nichts.
»Mir reicht's langsam mit den Verschwundenen«, sage ich. »Vor einer Woche noch Hamburg, jetzt schon Bermudadreieck.«
»Ich kenn den Herrn Krasniqi nicht persönlich«, sagt Klatsche, und ich denke *Gott bewahre* und ziehe an meiner Zigarette, »aber ich weiß, dass er in der Stadt ist.« Klatsche weiß solche Sachen einfach immer.
»Waren deine Männer im *Vespucci?*«, fragt er.
Ich nicke.
»Und in den *Riverkasematten?*«
»Nein«, sage ich, »davon war nicht die Rede.«
»Angeblich macht er da neuerdings ab und an die Tür«, sagt Klatsche. »Warte mal.«
Er holt sein Telefon raus, verschwindet kurz hinter dem Vorhang, der Gastraum und Lager trennt. Zwei Minuten später sitzt er wieder neben mir auf der Couch und grinst mich von der Seite an.
»Schick deine Jungs runter zum Hafen«, sagt er. »Euer Päckchen ist abholbereit.«
Jetzt geh ich mal eben raus zum Telefonieren.
»Chef!«, sagt der Calabretta.
»Liegen Sie schon vor der Glotze?«
»Noch nicht«, sagt er. »Ich sitze in der Küche und hab mir gerade einen Teller Pasta gemacht.«
»Dann essen Sie mal schnell auf, Krasniqi steht an der Tür der *Riverkasematten.*«
Ich kann hören, wie der Calabretta die Gabel fallen lässt und sich ein Blaulicht auf den Kopf setzt.

»Den schnappen wir uns«, sagt er und hat schon aufgelegt.
Über der Statue von Hans Albers geht ein Blitz runter. Ich denke kurz darüber nach, mich todesmutig bis zu den *Riverkasematten* durchzuschlagen, aber ein neuer Blitz, der ins Haus gegenüber einschlägt und es einmal laut knallen lässt, als er alle Sicherungen raushaut, hält mich davon ab. Wichtig: Die Männer auch mal alleine machen lassen.
Als ich wieder reinkomme, hat Klatsche eine Landkarte auf dem Tresen ausgebreitet und angefangen, darauf rumzumalen. Er zeichnet irgendwas, das ich beim besten Willen nicht erkennen kann.
»Was soll das werden?«, frage ich.
»Ein Schiff«, sagt er, »das sieht man doch!«
Aha. Na ja. Wenn man ganz genau hinschaut, dann könnte das Dreieck auf dem Atlantik tatsächlich so was Ähnliches wie eine Dschunke sein.
»Wie findest du's?«, fragt er.
Ich bin mir nicht sicher.
»Ist das Kunst?«
»Das ist unser Hochzeitsgeschenk für Carla und Rocco«, sagt er. »Ich hab die beiden eingebucht. Für nächsten Dienstag, bei einem Kapitän, der mir noch was schuldig war. Es geht mit dem Containerschiff nach New York und zurück.«
»Du bist ja ganz schlau«, sage ich.
»Oberschlau«, sagt er. »Dann ist mein verrückter Partner nämlich für sechs Wochen nicht in der Stadt.«
Seit die beiden Jungs damals im Knast zusammen Weihnachten gefeiert haben, ist klar, dass sie ein ganzes

Leben lang Freunde bleiben werden. Was nicht heißt, dass sie es immer sind. Manchmal sind sie auch nur zwei halbseidene Typen, die versuchen, eine schummrige alte Bar am Laufen zu halten, und sich in den fragilen Momenten der Kassenabrechnung auf den Tod nicht ausstehen können.

Die Härte, die du brauchst, um all das zu tun, um so gut darin zu sein, so erfolgreich, dass sie dich dafür bewundern, diese Härte kannst du nicht lernen. Nicht mal im Krieg. Diese Härte hast du, oder du hast sie nicht. Aber wenn du sie hast, dann bist du Gott. Dann bestimmst du. Von Anfang an, auch wenn du klein anfängst. Du bist so hart, dass es weh tut, dich anzukucken. Dir kann keiner widerstehen, dich kann keiner besiegen. Du machst die Regeln. Die anderen folgen dir.
Und eines Tages, du wirst es merken, gehorchen sie dir.
Wenn du willst, dass sie dich lieben, musst du was anderes machen.

VI.

Mein schmutziges Königreich

☆ ☆ ☆

Es ist früh. Sankt Pauli lag noch in tiefem Schlaf, als ich vorhin in Richtung Hafen marschiert bin. Es war still hinter den Fenstern und auf den Straßen, nicht mal die Schulkinder waren schon unterwegs.
Ich hatte mich mit dem Faller für acht Uhr bei Carla verabredet, und jetzt sitzen wir hier, vor uns stehen zwei Milchkaffee und zwei dicke portugiesische Eierhörnchen. Carla hat sogar Marmelade rausgerückt, Himbeere oder so.
Es ist ihr kaum anzumerken, dass sie in ein paar Stunden heiratet. Sie tut im Grunde so, als wäre gar nichts. Wir trauen uns nicht mal, sie darauf anzusprechen. Merkwürdig. Ich hatte erwartet, dass meine wilde Freundin aufgebracht durch ihr Café stürmt. Oder zumindest einen kleinen Wahnsinn durchschimmern lässt. Carla ist kein Mensch, der so was zurückhalten

würde. Vielleicht ficht sie aber auch nur dieses Standesamtding nicht wirklich an. Dieser Behördenscheiß, der sie als inneren Punk einfach überhaupt nicht kratzt. Und morgen in der Kirche fährt dann ihr Temperament Karussell.

»Die iberischen Damen halten sich gerne mal bedeckt, wenn es um Privates geht«, sagt der Faller wichtig und rührt in seinem Kaffee.

»Aha«, sage ich und glaube ihm kein Wort.

»So«, sagt der Faller, als er zu Ende gerührt und einen Schluck getrunken hat. »Worum geht's denn bei Ihnen, mein Mädchen?«

Der merkt natürlich, dass mir was auf die Seele drückt. Eigentlich will ich ihm nichts von alldem erzählen. Ich möchte ihn am liebsten raushalten aus sämtlichen Albanergeschichten, aus dem ganzen Dreck, der da hochkommt. Genau genommen darf er ja auch gar nichts davon wissen. Und wenn er zehnmal der beste Bulle von ganz Hamburg war, jetzt ist er keiner mehr. Er ist lediglich eine gut bezahlte Honorarkraft, die für die Polizei engen Kontakt zu den Kiezgastronomen unterhält. Alles, was darüber hinausgeht, geht ihn nichts an. Aber natürlich kann ich meine Schnauze nicht halten. Und das ist eben unser unausgesprochener Deal: Er tut so, als wäre er mein Vater, und ich halte ihn auf dem Laufenden.

Als ich bei der Immobilienlobby angekommen bin, hört er auf, in seinem Milchkaffee zu rühren.

»Haben Sie gerade *Sackmann* gesagt?«

»Ja«, sage ich. »Kennen Sie den?«

»Nicht persönlich«, sagt der Faller. »Aber ich weiß, wen er kennt.«

»Wen denn?«

Der Faller sieht aus dem Fenster, als würde er die nasse Straße dazu bringen wollen, zu trocknen.

»Wen, Faller?«

Und dann ist mir auch schon klar, an wen er denkt. Ich kann es an seinem Blick erkennen, und ich hab ja auch irgendwie damit gerechnet: Es geht um den Albaner. Wenn der Albaner dem Faller im Kopf herumgeht, ist der Blick meines alten Kollegen in Sekundenschnelle wie einbetoniert. Starr und verschlossen und vollkommen glanzlos. Dann gehen seine Gedanken zurück in die Zeit, als er so was wie der Bullenkönig von Sankt Pauli war, als er mit den Regeln und den kleinen Gangstern spielen konnte, wie es ihm gepasst hat, als er dachte, dass er damit auch den Albaner kriegen würde. Dass er der sein würde, der den großen Gangster schnappt. Aber der Albaner hat den Spieß umgedreht. Wollte nicht die Beute sein, sondern der Jäger.

Und eines Nachts dann, als der Faller und ich das Kiezkönigtum wieder mal richtig auskosteten, als wir die Gläser bis zum letzten Tropfen leerten, hat uns da jemand was reingetan. Als wir morgens wieder aufgewacht sind, lagen wir in der Hafenstraße, ich auf einer Kneipenbank, der Faller in einer Wohnung auf einem verranzten Bett. Neben ihm lag ein totes Mädchen in Unterwäsche und ein kurzer Brief vom Albaner, in dem stand, dass der Faller sich verpissen soll. Seitdem trinkt er keinen Alkohol mehr. Und auf den Kiez hat er sich jahrelang nicht getraut. Nicht aus Angst vor dem Albaner, nein, vor Bösewichten hat der Faller keine Angst. Aus Angst davor, herauszufinden, was in der Nacht wirklich passiert ist. Und davor, in dieser Geschichte selbst der Bösewicht zu sein.

Der Albaner hat den Faller damals vom Thron gestürzt, und damit nicht genug, er hat ihn an den Eiern übern Kiez gezogen und dafür gesorgt, dass der Mann ins Wanken geraten ist.

Ich trinke einen Schluck Kaffee und warte darauf, dass der Faller was sagt, weiß aber auch, dass das durchaus noch dauern kann. Der Faller starrt erst mal weiter die Straße an. Und dann kommt's irgendwann.

»Sackmann hat sich vor vielen Jahren mal ordentlich am Baccaratisch verzockt«, sagt er, »und hatte daraufhin enorme Spielschulden beim Albaner. Und wenn ich sage enorm, dann meine ich: enorm. Die Herren spielen um Beträge, die komplett außerhalb unserer Vorstellungskraft liegen.«

»Woher wissen Sie das?«, frage ich.

Der Faller sieht mich an.

»Kleiner Nebenschauplatz meiner sehr, sehr langen Jagd nach dem Herrn Superarschloch.«

Er fixiert wieder die Straße. Sie wird einfach nicht trockener, soviel er auch kuckt.

»Auf jeden Fall war Sackmann die Schulden nach relativ kurzer Zeit schon wieder los, keiner konnte sich erklären, wie er das gemacht hat. Und der Albaner mauserte sich quasi über Nacht vom Kiezganoven zum Teil der Hamburger Geldsociety.«

Ich lege dem Faller die Hand auf die Schulter.
Er hat doch tatsächlich nochmal seinen rostigen alten Vorschlaghammer rausgeholt und eine der Mauern zertrümmert, von denen wir auf allen Seiten umgeben sind. Langsam, ganz langsam kommt Licht ins Dunkel.

☆

»Das ist er«, sagt Sebastian Diekmeier. »Das ist der Mann, der mir gestern gedroht hat.«
Kushtim Krasniqi sitzt auf der anderen Seite der verspiegelten Scheibe in einem unserer Vernehmungsräume. Er ist allein, wartet darauf, dass jemand kommt und ihm sagt, warum er hier ist. Er saß die Nacht über in einer Zelle im Keller des Präsidiums. Müsste ihn eigentlich ein bisschen mürbegemacht haben. Bisher sieht er allerdings nicht danach aus.
»Okay«, sage ich zu Diekmeier, »ich danke Ihnen.«
Ich gebe Diekmeier die Hand, komplimentiere ihn nach draußen, rufe den Calabretta an und sage ihm, dass er loslegen kann. Dann ist es ganz still. Ich bin allein hinter dem Spiegelglas. Krasniqi sitzt am Tisch, die Füße nebeneinander auf den Boden gestellt, die Hände auf dem Tisch gefaltet, den Kopf gesenkt. Er wirkt eher müde als nervös. Er wirkt, als könne ihm nichts passieren. Ich setze mich, nehme die gleiche Haltung ein wie er und warte, was passiert. Es ist so still hier drin, ich kann meinen Herzschlag hören.

Die Tür zum Vernehmungsraum geht auf. Herein kommen der Calabretta und der Inceman. Beide tragen dunkle Jeans und dunkle Hemden. Sie sehen gefährlich aus. Der Calabretta setzt sich an den Tisch, er sitzt jetzt Krasniqi gegenüber. Der Inceman lehnt hinter dem Rücken von Krasniqi an der Wand. Der Calabretta schaltet das Aufnahmegerät ein. Ich suche das Pult vor mir im Dunkeln nach dem Lautsprecherknopf ab und drücke drauf.

»Vernehmung von Kushtim Krasniqi«, sagt der Calabretta, »31 Jahre alt, albanischer Staatsbürger, Wohnsitz in Hamburg seit dem Jahr 2003. Ist das richtig, Herr Krasniqi?«

Krasniqi sieht den Calabretta mit dem Anflug eines spöttischen Lächelns an und nickt.

»Sie waren gestern gegen Mittag in der Anwaltskanzlei Diekmeier. Was wollten Sie da?«

»Ich war nicht da«, sagt Krasniqi. Sein r rollt, sein ch klingt wie eine Säge.

»Sie wurden gesehen, Herr Krasniqi.«

»Ich war nicht da.« Er hebt die Hände, dreht die Handflächen zur Decke und zuckt selbstgefällig mit den Schultern. Dann verschränkt er die Arme vor der Brust und lehnt sich zurück.

»Sie und ein anderer Mann waren mit einem nicht zugelassenen schwarzen Mercedes unterwegs«, sagt der Calabretta. »Das Kennzeichen ist eine Dublette, das ist kein besonders guter Trick. Und nebenbei einer, den wir überhaupt nicht mögen. Er ist zu billig, verstehen Sie?«

Jetzt lehnt sich der Calabretta zurück und verschränkt die Arme.
»Sie glauben doch nicht im Ernst, dass Sie hier so einfach wieder rauslatschen können.«
Er inspiziert seine Fingernägel.
»Wir lassen Sie erst mal nicht gehen, Herr Krasniqi, darauf können Sie Gift nehmen.«
Er beugt sich zu Krasniqi vor.
»Und dabei geht es gar nicht um den Besuch bei Herrn Diekmeier. Es geht um was ganz anderes.«
Krasniqi grinst und sagt: »Worum geht es denn?«
»Das wissen Sie doch selbst, Herr Krasniqi. Und dafür kriegen wir Sie jetzt dran.«
Der Inceman gibt dem Calabretta ein Zeichen. Der erhebt sich, die beiden gehen vor die Tür. Krasniqi bleibt allein zurück. Sie lassen ihn ein bisschen schmoren. Aber der Typ scheint sich sehr sicher zu fühlen. Er legt den Kopf einmal nach rechts und einmal nach links und lässt seine Halswirbelsäule krachen. Dann steht er auf, läuft um den Tisch herum, bleibt kurz vor der Tür stehen. Dreht sich um, kommt aufs Fenster zu. Er weiß, dass es Spiegelglas ist. Er kann sich denken, dass jemand dahintersitzt. Er stellt sich direkt vor mich, kuckt über mich hinweg. Er rechnet damit, dass der, der ihn hinter der Scheibe beobachtet, aufrecht steht. Er hebt Zeigefinger und Mittelfinger seiner rechten Hand zum Mund, spreizt die Finger, steckt die Zunge zwischen den Fingern durch und bewegt sie langsam auf und ab. Ich kenne die Geste, aber noch nie fand ich sie so ekelhaft wie in diesem Moment bei Krasniqi. Es

ist die Geste eines Mannes, der will, dass sich sein Gegenüber wie ein Stück Scheiße fühlt. Und dafür gehört ihm eigentlich weh getan.
Ich stehe auf und spucke Krasniqi ins Gesicht. Leider ist die Scheibe dazwischen. Vielleicht hat er's wenigstens knallen gehört. Ich gehe raus und lasse ihn stehen, den hässlichen Mann mit der blöden Grimasse. Der soll mich jetzt mal kennenlernen.
»Hey«, sage ich.
Meine beiden Kollegen stehen am offenen Fenster. Ich stecke mir eine Zigarette an und fange mir strafende Blicke ein.
»Was?«, sage ich.
»Schon gut«, sagt der Calabretta. Der Inceman kuckt einfach weg.
»Gehen wir da gleich wieder rein?«, frage ich.
»Wir?«, fragt der Calabretta.
»Wir«, sage ich und blase den Rauch durch meine Nüstern.

☆

Krasniqi ist wie ausgewechselt. Als hätte ihm jemand was gespritzt. Er schwitzt, er hält sich am Tisch fest, er windet sich, er hüpft mit dem Hintern auf dem Stuhl herum, und er redet wie ein Wasserfall, allerdings nur dummes Zeug. Dass er hier rauswill, dass er mit der Sache nichts zu tun hat, dass seine Frau ein Baby kriegt.

Er fühlt sich offensichtlich bei irgendwas ertappt, und ich werde den Eindruck nicht los, dass das etwas mit mir zu tun hat. Er sieht mich immer wieder mit wilden, gehetzten Augen an, wendet dann den Blick ab und zappelt wie ein Tier in der Falle. Es ist fast, als würde er mich kennen. Und als hätte er Angst vor mir. Das ist natürlich schön und gut, der soll ruhig Angst vor mir haben, das hatte ich mir fast ein bisschen gewünscht – noch besser wäre allerdings, wenn wir wüssten, warum das so ist. Wir können keine konkreten Fragen stellen und eiern im Grunde genauso rum wie Krasniqi, nur dass wir nicht nervös sind.

»Also, Herr Krasniqi«, sagt der Calabretta, »wenn Sie nicht da waren, wo waren Sie dann?«

»Wann? Gestern?«

»Ja, gestern. Auch gestern.« Der Calabretta merkt, was er da für einen Mist verzapft, und schiebt schnell noch ein »Gestern Nachmittag, Herr Krasniqi!« hinterher.

Krasniqi schwitzt und sagt leise: »Mit meiner Frau beim Arzt.«

»Wie bitte?«, fragt der Inceman und stützt sich mit den Händen vor Krasniqi auf dem Tisch ab.

»Ich war mit meiner Frau beim Arzt«, sagt Krasniqi.

»Bei welchem Arzt?« Der Calabretta läuft mit großen Schritten im Raum auf und ab.

»Weiß nicht«, sagt Krasniqi, und ich habe den Eindruck, dass sein Akzent stärker wird.

»Beim Zahnarzt?«, bellt der Calabretta.

»Nein«, sagt Krasniqi, »weiß nicht ... beim ... na ja, beim Arzt für Frauen.«

»Aha«, sagt der Calabretta, als wäre das jetzt eine Information, mit der irgendjemand was anfangen kann. Krasniqi fängt an, auf seinen Fingernägeln rumzukauen. Der Inceman hat zwar die Hände noch auf den Tisch gestützt, wirkt aber gedanklich ein bisschen abwesend. Auch ich schweife zusehends ab, denke wieder daran, was mir der Faller heute Morgen erzählt hat, und dass ich noch gar keine Gelegenheit hatte, das mit den Kollegen zu besprechen. Und irgendwann, als mir Kushtim Krasniqi mit seinem Gezappel und Gejaule nur noch auf die Nerven geht, kann ich nicht mehr zuhören, ziehe den Calabretta ein Stück beiseite und sage:

»Vielleicht sollten wir den Faller ins Boot holen.«

Der Calabretta macht große Augen und kuckt mich irritiert an, der Inceman sieht aus, als wolle er mich erschießen. Ja. Ich weiß. Entschuldigung. Total unprofessionell. Mann, der Typ macht mich wahnsinnig!

Und in genau diesem Moment flippt Krasniqi vollkommen aus. Er fängt an rumzuschreien:

»Ich war das nicht! Ich hab das Mädchen nicht umgebracht! Die Nutte war schon tot! Ich hab sie dem alten Bullen nur ins Bett gelegt!«

Wie bitte?

WIE BITTE?

Ich taumle gegen die Wand, ich muss mich festhalten, trotzdem rutschen mir die Knie weg, stehen zu bleiben kostet mich so viel Kraft, wie ich bräuchte, um einen Elefanten zu stemmen. Der Inceman versteht überhaupt nichts mehr und sieht abwechselnd mich und

Kushtim Krasniqi verständnislos an. Der Calabretta fängt sich als Erster, und ich schätze, gleichzeitig dämmert ihm was.
Er begreift in Sekundenbruchteilen, dass er seit Jahren nur die halbe Geschichte kennt.
Dass wir ihm etwas vorenthalten haben, damals, als der Faller und ich morgens auf dem Kiez aufgewacht sind, nämlich: ein totes Mädchen. Klatsche hat uns geholfen. Er hat die Leiche weggebracht, und zwar *bevor* ich den Calabretta angerufen habe. Der Calabretta dachte deshalb bis eben, das Schlimmste neben dem ausgeknockten Faller wäre die Botschaft vom Albaner gewesen, der Zettel, auf dem stand: Halt dich raus, alter Mann. Jetzt ahnt er, dass der Zettel nicht *irgendwo* lag, sondern eventuell auf einem toten Mädchen. Das tut mir leid für den Calabretta, ich weiß, dass er sich verarscht vorkommen muss, und wir haben ihn ja auch verarscht, der Faller und ich. Wir wollten einfach nicht, dass er alles weiß. Wir wollten ihn so wenig wie möglich mit reinziehen. Es tut mir leid, ruft es in mir, es tut mir leid! Aber ich bringe keinen Ton heraus, und die eigentliche Information ist natürlich: Der Faller hat das Mädchen nicht umgebracht! Das, was ihn und mich so lange umgetrieben hat, die Frage, was genau in dieser Nacht passiert ist, die Angst, dass vielleicht doch der Faller selbst ausgerastet sein könnte, warum auch immer – all das löst sich in diesem Moment auf.
Es löst sich nur langsam, der schwere, schwarze Brocken lichtet sich in Zeitlupe, aber ich spüre, dass er verschwinden wird.

Ich kann kaum atmen und halte mich weiter an der Wand fest.
Der Calabretta wirft mir einen langen Blick zu, und dieser Blick ist ein Cocktail aus Enttäuschung, Wut und Erleichterung. Aus Krasniqis Augen fallen währenddessen säckeweise Fragezeichen, aus denen vom Inceman auch. Letztlich weiß keiner von uns, was hier gerade vorgeht. Und, tut mir leid, ich kann da leider auch nichts machen. Der Raum um mich herum fühlt sich an wie in Einzelteile zerlegt. Das muss jemand wieder zusammenbauen. So kann ich mich doch nirgends festhalten. Und ich muss mich weiter festhalten.
Der Calabretta hört auf, mich anzukucken, und übernimmt die Bauarbeiten. Erst mal Nerven bewahren: Er setzt sich wieder an den Tisch, und er bringt Krasniqi dazu, sich auf ihn zu konzentrieren. Er nimmt seine zitternden Hände und drückt sie vorsichtig auf die Tischplatte. Dort hält er sie fest, als wären es die Hände einer Frau.
Zuerst beruhigt sich das Zimmer.
Dann der Inceman.
Dann Krasniqi.
Und auch ich spüre: Die Wände hören langsam auf, über mir zusammenzubrechen. Sie stellen sich hin. Sie halten. Ein paar Sekunden noch, ein paar Mal durchatmen, dann ist alles fast wieder so, wie es war, bevor ich den Vernehmungsraum betreten habe. Der Inceman lehnt hinter Krasniqis Rücken an der Wand. Krasniqi sitzt selbständig und hält die Hände ruhig auf dem Tisch. Der Calabretta sitzt vor ihm und sieht ihn an.

Mich beachtet keiner, und das ist mir auch sehr recht. Ich bin das blasse Häufchen direkt neben der Tür. Ich will hier raus. Ich will den Faller anrufen. Ich will *bitte sofort* den Faller anrufen.

»Sie haben das Mädchen also nicht umgebracht«, sagt der Calabretta, und er schiebt ein »Herr Krasniqi« hinterher.

»Ich habe sie nicht umgebracht.«

»Wer hat sie denn umgebracht?«

»Ich weiß nicht.«

»Herr Krasniqi, Sie merken bestimmt, dass ich gewillt bin, Ihnen zu glauben.«

Krasniqi nickt.

»Dann müssen Sie uns aber auch ein bisschen helfen.«

Der Calabretta packt seine Psychologennummer aus. Nicht seine Lieblingsnummer, nicht die De-luxe-Variante, aber für Krasniqi sollte es reichen.

»Ich weiß es nicht, das schwöre ich, Herr Kommissar. Ich habe sie nur abgeholt und sie neben diesem Polizisten ins Bett gelegt.«

Ich sehe, wie sich die Kiefermuskeln vom Inceman anspannen. Er hat immer noch keine Ahnung, was hier gespielt wird, er weiß nur, dass er sich raushalten muss. Das fällt ihm schwer.

»Wo haben Sie das tote Mädchen abgeholt?«

»Na, im Puff.«

»In welchem Puff?«

Krasniqi presst die Lippen zusammen. Er will seinen Arsch retten. Dafür muss er auspacken. Nur: Wenn er auspackt, kann er sich genauso gut erschießen. Sein

Chef ist da nicht besonders großzügig, das ist allen in diesem Raum klar.
»Weiß nicht mehr«, sagt er. »Ich war betrunken. Ist auch schon viele Jahre her.«
»Sie waren noch sehr jung damals, nicht wahr?«
Krasniqi kuckt auf seine Fingerspitzen.
»Ja. Ich war jung.«
»Für wen haben Sie das gemacht, das mit dem Mädchen?«
Keine Antwort.
»Für wen arbeiten Sie, Herr Krasniqi?«
Ah. Jetzt.
Krasniqi sieht den Calabretta an.
Er kann auf diese Frage nicht antworten, ohne sein Leben zu riskieren. Denn so geht das System des Albaners: Brutalität und Verschwiegenheit und Gehorsam. Und dann noch die Gier nach Macht und Geld am Brennen halten.
Krasniqi sagt: »Eine Zigarette, bitte.«
Ich reiße mich von meiner Wand los und bewege mich auf den Tisch zu, an dem Krasniqi und der Calabretta sitzen.
Stelle erstaunt fest, dass ich laufen kann.
»Hier«, sage ich, und halte Krasniqi meine Schachtel mit den Luckys hin.
Er sieht mich an. Zum ersten Mal sieht er mich richtig an. Ich bin mir inzwischen sicher, dass er mich kennt. Dass er mich in jener Nacht gesehen hat. Ich lag ja nur ein paar Stockwerke unter dem Faller auf einer Kneipenbank, ebenfalls aufs schönste ausgeknockt. Manch-

mal wüsste ich gerne, was genau die uns damals eigentlich in die Drinks getan haben.
Krasniqi nimmt sich eine Zigarette, ich nehme mir auch eine, gebe zuerst ihm Feuer, dann mir. Wir lassen uns dabei nicht aus den Augen.
Und dann schwingt die Tür auf, und Oberstaatsanwalt Schubert platzt rein. Mitten in die Vernehmung. An einer hochsensiblen Stelle.
Ich glaub, es hackt.
Er nickt mir kurz zu und stellt sich in einer Ecke auf, so dass er Krasniqi beobachten kann. Dem scheint unser Besuch relativ egal zu sein, wahrscheinlich hält er den Oberstaatsanwalt nur für einen weiteren langweiligen Ermittler. Der Calabretta, der Inceman und ich hingegen sind wie vom Donner gerührt. Keiner redet mehr. Wir hatten den Faden gerade wieder gefunden, jetzt fliegt er in Stücke gerissen durch den Raum.
Der Calabretta schüttelt kurz den Kopf, dann setzt er noch mal an:
»Also, Herr Krasniqi, für wen arbeiten Sie? Sagen Sie es uns. Wir wissen es sowieso.«
Krasniqi sieht ihn finster an. Er scheint jetzt doch zu spüren, dass sich soeben etwas gravierend geändert hat. Typen wie Krasniqi reagieren äußerst sensibel auf kleine Verschiebungen der Macht.
»Ich sage nichts mehr.«
Er lehnt sich in seinem Stuhl zurück, verschränkt die Arme vor der Brust und ist wieder exakt so ruhig und unangreifbar wie vorhin, als ich noch hinter der Scheibe stand.

Ich schaue Oberstaatsanwalt Schubert an. Wie er da in der Ecke lehnt und seine Kälte verspritzt. Mit einem Gesichtsausdruck, als wäre er der König der Löwen. Ich könnte kotzen.
»Lassen Sie uns mal alleine«, sagt er.
»Wie bitte?«, frage ich. Das *bitte* bleibt mir fast im Hals stecken.
Der Calabretta dreht sich zu Oberstaatsanwalt Schubert um, macht aber keine Anstalten aufzustehen.
»Ich möchte mit Herrn Krasniqi unter vier Augen sprechen«, sagt Schubert scharf.
Der Calabretta knurrt, der Inceman fletscht die Zähne, und ich fühle mich, als würde mir jemand den Magen auskratzen. Ich habe keine Ahnung, was Schubert vorhat, aber das hier geht nicht. Er kann uns nicht einfach unseren Verdächtigen wegnehmen. Er kann uns nicht wie Praktikanten behandeln.
Er kann.
Und wir können nichts dagegen tun.
Krasniqi lächelt.
»Kommen Sie«, sage ich zu meinen Kollegen und warte, bis der Calabretta und der Inceman an mir vorbei und zur Tür raus sind. Dann schmeiße ich dem Oberstaatsanwalt einen Blick aus meinem tiefsten, dunkelsten Keller ins Gesicht, verlasse den Raum und lasse die Tür hinter mir ins Schloss fallen.

☆

Unsere Vernehmung von Kushtim Krasniqi mag etwas unglücklich gelaufen sein, aber es ist nicht so, dass wir vollkommen bescheuert sind.
»Los«, sage ich, »avanti, meine Herren«, und treibe den Calabretta und den Inceman vor mir her. »Ab hinter die Spiegelwand. Wollen doch mal hören, was Schubert von Krasniqi will.«
»Den Oberchef belauschen?« Der Calabretta zieht die rechte Augenbraue hoch.
»Selbstverständlich«, sage ich.
Meine Restloyalität gegenüber Schubert hat sich vor ein paar Minuten in Luft aufgelöst.
Das Dumme ist nur: Der Oberstaatsanwalt hat wohl genau damit gerechnet. Oder er will generell sicher sein, dass niemand hört, was er mit Krasniqi redet. Er hat die Tonverbindung nach draußen gekappt.
So stehen wir da in dem dunklen Raum hinter der Scheibe, kucken Schubert dabei zu, wie er unserem Verdächtigen ein paar Fragen stellt, und fühlen uns wie die Idioten.

☆

Er hat Krasniqi gehen lassen. Und er hat die Akten mitgenommen. Hat den Fall einfach an sich gezogen. Er will sich jetzt selbst darum kümmern. Kann doch verdammt noch mal nicht so schwer sein, einen durchgeknallten Polizistenmörder zu schnappen. So hat er sich

ausgedrückt. Das ist eigentlich mein Sound. Oberstaatsanwalt Schubert ist hier reingelatscht und innerhalb von einer läppischen Stunde mit meinem Fall, meiner Würde und meiner Sprache wieder rausgelatscht.
Wir hocken alle zusammen in unserer erbärmlichen Soko-Zentrale. Der Calabretta, der Inceman, der Brückner, der Schulle, der Kringe, der Bartels, der Tschauner. Und ich. Keiner sagt was.
Ich haue ab, bevor sie anfangen, mich mitleidig anzuschauen.

☆

Die Fischbretterbude in Övelgönne. Der Steg schwankt im Wind. Der Faller und ich lehnen an den Budenbrettern, mein alter Freund trinkt Apfelsaft, ich trinke Bier. Wir lassen die Wolken, das Wetter und die Schiffe vorüberziehen, wir lassen uns die Nasen nass regnen, wir lassen die Möwen vorbeiwatscheln.
Der Faller ist frei. Er hat die junge Frau nicht umgebracht. Er hat sie nicht mal angefasst. Ein kleiner albanischer Gangster hat sich vertan und verquatscht, hat gedacht, er säße wegen der Geschichte von damals im Präsidium, hat gedacht, wir wollen ihm einen Mord anhängen. Und da hat er den Faller befreit. Ganz aus Versehen.
»Und sonst so?« Mein alter Freund hört sich ganz weich an. Wie ein Hörnchen.

»Nicht so toll«, sage ich, »eigentlich total beschissen, aber vergessen Sie's.«
Er zündet sich eine Roth-Händle an und sagt: »Na dann.«

☆

Ich habe dem Faller lange hinterhergesehen, wie er zum Auto gegangen ist, wie er eingestiegen ist, wie er den Motor angelassen hat und dann langsam davongefahren ist, ganz in Ruhe.
Er hat würdevoll ausgesehen, sehr gerade. Als hätte er sich nach langer Zeit in gebückter Haltung wieder aufgerichtet.
Da hinten, im neuen Hamburger Tropenregen, kommt meine Fähre nach Teufelsbrück. Ich weiß nicht, warum, aber Naima und der traurige Donner rufen nach mir. Irgendwas an den beiden zieht mich.

☆

Sie sitzen da, als wären sie festgetackert, auf ihrem Platz unter dem Anleger. Als würden sie in Wahrheit dort wohnen, und nicht in einer dieser schicken Villen in Flottbek. Naima und der Donner kauern genau da, wo sie auch beim letzten Mal und beim vorletzten Mal sa-

ßen, als ich sie getroffen habe. Und sie sitzen auf der immer gleichen Plastiktüte.
Die Luft ist warm und feucht, Naimas Schuhe sind blitzsauber, nur der Hund, der ist heute versehrt. Er trägt einen grauen Hundeverband um die rechte Pfote.
»Was ist mit ihm?«, frage ich. »Hat er versucht, sich die Pulsadern aufzuschneiden?«
»Nein«, sagt Naima, »das war eine kaputte Flasche.«
Wenn ich ihren Blick richtig interpretiere, ist sie stinksauer.
»Wie ist das passiert?«
»Mein Mann und ich hatten einen Streit«, sagt sie. »Er hat mich so sehr provoziert, dass ich eine Wasserflasche nach ihm geworfen habe. Die Flasche ist an der Wand gelandet und dann zersprungen, Kleiner Donner hat einen Schreck bekommen, wollte zu mir und ist in eine der Scherben getreten.«
Sie streichelt ihrem Hund übers schwarze Fell, der Hund wimmert ein bisschen. Ich setze mich neben ihn und fange auch an, ihn zu streicheln. Wie gut das tut, ein Tier anzufassen. Ich zünde zwei Zigaretten an, eine ist für mich, und eine stecke ich dem traurigen Donner zwischen die Lippen. Er macht ein Geräusch, ein bisschen ein Knurren, ein bisschen ein Schnurren.
»Warum haben Sie sich gestritten?«, frage ich, auch weil ich den Eindruck habe, das sie gern drüber reden würde.
»Stellen Sie sich vor«, sagt sie, »sie würden jemanden lieben, der ein schlechter Mensch ist. Sie wissen, dass er ein schlechter Mensch ist, aber Sie lieben ihn trotzdem. Sie lieben ihn mit einer Mischung aus Hingabe und

Wehmut, und da ist immer auch ein versteckter Hass auf das, was er tut. Womit er sein Geld verdient. Sie können nichts dagegen sagen, denn Sie leben sehr komfortabel von seinem Geld. Aber ab und an, wenn Sie wieder mal mitkriegen, was er so tut, wenn wieder was passiert ist, dann kommt der Hass an die Oberfläche. Würden Sie da nicht auch mit Flaschen schmeißen?«
»Ich würde gehen«, sage ich. »Ich würde auf das Geld pfeifen und gehen.«
»Und auf Ihre Liebe? Würden Sie auf die auch pfeifen?«
»Schlechte Menschen kann man nicht lieben«, sage ich.
»O doch«, sagt sie, »o doch.«
Wir kucken alle drei eine Weile aufs Wasser. Von Naima geht dabei eine größere Traurigkeit aus als von ihrem Hund, und das ist schon eine ganze Menge.
»Es ist so …«, sagt sie, und ich falle ihr ins Wort.
»Naima?«
»Ja?«
»Haben Sie gerade vor, mir von Ihrem Mann zu erzählen?«
»Ja«, sagt sie, »ich würde Ihnen wirklich gern von ihm erzählen. Ich würde gerne wissen, was Sie davon halten.«
»Tun Sie das nicht«, sage ich. »Ich hab mit vielen schlechten Menschen zu tun, und es ist mein Job, sie aus dem Verkehr zu ziehen.«
Sie sieht mich an, ich ziehe ausgiebig an meiner Zigarette.
»Ich bin Staatsanwältin.«
Und da blubbert etwas in ihr hoch, etwas Tiefes, Archaisches, und ich brauche einen Augenblick, um zu kapieren, dass das ein Lachen werden soll, und dann fängt sie

auch schon an, lacht laut und kehlig und schmeißt den Kopf nach hinten. Die Tränen schießen ihr in die Augen, sie wischt sie nicht weg, es ist die Art von Lachen, wie ich es ansatzweise auch von Carla kenne, aber das hier sprengt alles, was ich bisher an Lachen gehört habe. Es ist so unfassbar ansteckend, dass ich mich auch kaum noch halten kann. Ich hab keine Ahnung, was daran jetzt gerade so lustig war, aber ich muss einfach mitlachen. Und ich glaube, sogar das Gemüt vom traurigen Donner wird davon ein klein wenig heller.

Irgendwann, mitten im großen Gelächter, rappelt sich Naima auf, schnappt ihre Plastiktüte, klopft sich den Sand vom Mantel und schaut zu mir runter.

»Chastity«, sagt sie und schüttelt den Kopf, »wir sollten uns wirklich nicht mehr treffen.«

Sie lacht immer noch, aber ihre Augen bekommen einen eigentümlichen, traurigen Glanz.

»So schlimm?«, frage ich und versuche, meine Stimme zu beruhigen.

»Ja«, sagt sie, »so schlimm. Wenn Sie wüssten.«

Sie wischt sich die Tränen von den Wangen und wird ernst. »O mein Gott, wenn Sie wüssten.«

Ich sehe sie an und weiß nicht, was ich sagen soll.

»Ich muss gehen«, sagt sie.

Sie schnalzt mit der Zunge, der Kleine Donner erhebt sich langsam, trottet zu ihr und legt sich auf ihre Füße. Bloß nicht zu viel bewegen.

»Sehen wir uns wieder?«, frage ich.

»Das müssen Sie wissen«, sagt sie und schüttelt noch mal den Kopf.

Ich?, denke ich. Ich weiß gar nichts.
Sie dreht sich um und stapft trotzig durch den Sand in Richtung Promenade, der traurige Hund kommt kaum hinterher.
Ich bleibe noch eine Weile sitzen und versuche herauszufinden, ob die Zeichen der Elbe auf Flut oder Ebbe stehen, aber bei all dem Wasser ist das unmöglich. Und dann klingelt mein Telefon, und der Calabretta ruft an.
»Hallo«, sage ich und höre meine eigene Stimme kaum.
»Hallo, Chef«, sagt der Calabretta.
»Was gibt's?«
»Haben Sie Hunger? Ich würd Sie gern zu mir zum Essen einladen.«
Ehrlich gesagt: nein. Aber der Calabretta würde nicht fragen, wenn es ihm nicht wichtig wäre. Und nach allem, was heute passiert ist, hätte ich nichts dagegen, das noch mal in Ruhe mit ihm durchzukauen. Bei einem oder sieben Bier.
»Ich bringe Getränke mit«, sage ich und springe auf.
Die Fähre in Richtung Altona kommt keine Minute zu früh, denn der Regen gibt wieder dermaßen Gas, dass ich mich langsam wirklich frage, was das am Ende eigentlich werden soll und ob wir statt Sommer hier inzwischen vielleicht einfach Regenzeit haben.
Ich hechte an Bord und flüchte unter Deck. Wickele meine Nerven in den brummenden Motor und mache für ein paar Minuten die Augen zu.

☆

Der Calabretta und ich sind nicht der Typ Kollegen, der sich gegenseitig besucht. Manchmal holen wir den anderen ab. Der Calabretta mich mit seinem Alfa oder ich ihn mit dem Taxi, wenn der Alfa wieder mal in der Werkstatt ist.

Von außen kenne ich das Haus, in dem der Calabretta wohnt, also ziemlich gut. Es ist tatsächlich einer meiner Fixpunkte geworden und wird es mit jedem Jahr mehr. Ich mag den Kasten an der ruppigen Königstraße, auch weil er sich konsequent jeglicher Idylle verweigert. Ein dreigeschossiger, weiß geklinkerter 60er-Jahre-Bau, der im Grunde nur aus Ecken besteht. Der Komplementärentwurf zur melodiös-melancholischen Jugendstilbröckelei, in der ich wohne. Im dritten Stock hat jemand seinen Balkon wild mit bunten Geranien behängt, einer hat überall Totenkopfflaggen und ein großes Ramones-Plakat drapiert, der Balkon dazwischen gehört dem Calabretta. An der Wand stehen eine Palme und ein Grill, am Geländer baumeln ein himmelblauer SSC-Napoli- und ein schwarz-weiß gestreifter Juventus-Turin-Wimpel im norddeutschen Wind. Klassischer Italiener-in-Altona-Balkon.

Unten im Haus ist ein Kiosk. Ich kaufe noch einen Sechserpack Alsterwasser und einen Sechserpack Bier, und dann klingle ich, und die Tür geht auf, und ich gehe die Treppen hoch, und der Calabretta steht oben an der Schwelle zu seiner Wohnung, lächelt mich vorsichtig an, und ich denke: Was ist denn hier los? Hier stimmt doch was nicht.

Tatsache. Als ich in die Küche komme, sitzt da der Inceman am Tisch. Der kuckt genauso doof wie ich und sagt: »Was soll das denn werden?«

»Überraschung?«, frage ich.

Der Calabretta zeigt mit dem Finger auf mich und sagt: »Richtig.«

Der Inceman und ich grummeln vor uns hin.

»Ich denke, es gibt Redebedarf«, sagt der Calabretta. »Erstens«, und dabei kuckt er mich an, »setzen wir beide den Kollegen Inceman jetzt mal ins Bild, was die Geschichte mit dem Faller angeht. Es geht nicht, dass im Vernehmungsraum einer vollkommen ausrastet und nur zwei von drei Ermittlern wissen, worum es geht.« Er macht eine kleine Pause und wendet sich den Bierflaschen zu. »Und ich hab da ja auch noch ein paar Lücken, wie ich seit heute weiß. Bier oder Alsterwasser?«

»Bier«, sagt der Inceman.

»Ich auch«, sage ich.

Der Calabretta verteilt die Getränke, macht sich selbst ein Alsterwasser auf und rührt die Tomatensauce um, die bestimmt schon über eine Stunde vor sich hin köchelt, zumindest sieht sie so aus. Und zweitens?

»Zweitens«, sagt er und fuchtelt mit seiner Flasche zwischen dem Inceman und mir hin und her, »verschwindet ihr beide noch vor dem Essen gemeinsam auf den Balkon. Ich werde die Tür hinter euch schließen und erst wieder aufmachen, wenn ihr miteinander geredet habt, worüber auch immer.«

Wenn der Calabretta Ansagen macht, lässt er das in seinem Team sonst übliche *Sie* hinten runterfallen. Dann wissen alle, dass es ernst ist. Das hat der Faller schon so gemacht. Der Inceman und ich zucken auch dementsprechend zusammen. Nicht dass der Calabretta mir offiziell was zu sagen hätte, aber das ist seine Wohnung, und deshalb ist er hier der Chef.

Ich kucke zum Inceman rüber. Er sieht mich zum ersten Mal seit Ewigkeiten wirklich an.

»Okay«, sagt er.

Ich sage nichts, aber der Panzer, der mir vom Herzen fällt, ist bis nach Blankenese zu hören.

Der Calabretta schmeißt die Spaghetti ins kochende Wasser. Noch zehn Minuten bis zum Essen. Das ist das Zeichen für uns, dass zweitens das neue Erstens ist und es direkt auf den Balkon geht. Der Calabretta hatte einfach schon immer ein Gespür für den richtigen Moment.

»Andiamo«, sagt er zackig und zeigt mit der Hand in Richtung Wohnzimmer. »Bitte schön, die Herrschaften.«

Der Inceman und ich gehen voran, der Calabretta hinterher, an der Schwelle zum Balkon gibt er uns beiden einen dezenten Schubs, und schon stehen wir alleine draußen.

Klack. Balkontür zu.

So schnell ich kann, zünde ich mir eine Zigarette an, und dann halte ich dem Inceman das Päckchen hin. Irgendwo muss man ja anfangen. Er nimmt sich eine Kippe, ich gebe ihm Feuer.

Wir sehen uns in die Augen.

Wir stehen zu nah beieinander.

Oh. Nein.
Wenn ich jetzt tun würde, wonach mir ist, würde der aufrechte Calabretta einen ordentlichen Schreck kriegen, obwohl er uns in seiner Küche gar nicht sehen kann. Aber allein die Druckwelle würde reichen, um ihn zu erschüttern. Der Inceman sieht mich weiter an, und sein Blick entfaltet einen klebrigen Zauber, der mich irremacht.
Hör auf, mich so anzukucken, denke ich. Hör auf. Ich gehöre nicht in deine Welt. Ich bin nicht die Frau, mit der du eine Familie aufmachen kannst. Ich bin zu unschlüssig. Zu unzuverlässig. Ich bin eine haltlose Vagabundin. Ich hab nur meine Sehnsüchte zu bieten. Das wird dir nicht reichen. Mit mir geht dein Leben nicht. Mit dir geht mein Leben nicht. Und: Da ist auch noch Klatsche. Mein Komplize. Mein Verbündeter.
Das alles weiß der Inceman, und er wird schön die Finger von mir lassen. Der Inceman ist ja nicht blöd. Der lässt sich kein drittes Mal abservieren. Und trotzdem kuckt er mich so an. Verdammte Hacke. Allein seine Gegenwart, seine Nähe, seine Kraft, seine Unbedingtheit, das halte ich kaum aus. Immer, wenn ich ihn ansehe, habe ich das Gefühl, dass etwas in meiner Brust zu zerspringen droht.
»Wir müssen einen Weg finden«, sagt er und zieht an seiner Zigarette. »Oder einer von uns beiden muss gehen.« Er schaut in den dunklen Himmel und lässt den Rauch aus seinen Lungen. Heute hat es die Sonne nicht ein einziges Mal durch die dicht gestapelten, schnell ziehenden Wolken geschafft. Kein Licht, nirgends.

»Keiner muss gehen«, sage ich. »Du darfst mich einfach nicht immer so ankucken.«
»Ich kann nicht anders«, sagt er und kuckt.
O Mann.
»Es war nie meine Absicht, dich zu verletzen«, sage ich.
»Aber das, was du brauchst, hab ich nicht im Gepäck.«
Herrje. Ist das schwer.
Er zieht wieder an seiner Zigarette, dann sagt er:
»Seit wir zusammen waren, interessiert mich keine andere Frau mehr.«
»Und das nimmst du mir übel?«
»Ja«, sagt er. »Das ist nicht fair. Du willst mich nicht. Aber du hältst mein Herz gefangen.«
Ich schäme mich, weil er recht hat. Wäre er mit einer anderen Frau zusammen, würde ich vermutlich ausflippen.
»Stimmt«, sage ich. »Das ist nicht fair.«
Ich sehe ihn an, ich versuche ihm standzuhalten, ich strecke ihm beide Hände hin und sage:
»Dein Herz. Bitte schön. Hiermit offiziell freigegeben. Ich will es nicht mehr haben, und ich werde es ab jetzt in Ruhe lassen. Pass gut darauf auf.«
Er nimmt meine Hände und hält sie fest. Wir sehen uns an. Über uns rauschen die Wolken und der Himmel in Richtung Osten, die Welt ist in einen Beschleuniger geraten, nur wir beide nicht, wir stehen still.
Und es dauert eine ganze Weile, bis der Himmel aufhört, sich zu überschlagen.
Einer von uns müsste was sagen, denke ich. So was wie: Freunde?

Ich sage: »Kollegen?«
»Ja«, sagt der Inceman, »Kollegen.«
Er macht kurz die Augen zu, und es ist, als hätte ich ihm sein Herz nicht zurückgegeben, sondern es aus seiner Brust geholt, in Stücke gerissen und vom Balkon geschmissen.
So.
Das mag jetzt vielleicht hilfreich gewesen sein für die Stimmung im Team. Aber es schmeckt bitter, denn wir haben unsere Geschichte ein für alle Mal begraben.
Ich würde meinen Kollegen gerne in den Arm nehmen, aber dieser typische Inceman-Ausdruck auf seinem Gesicht, diese mit Stolz verquirlte Traurigkeit sagt mir, dass das eine sehr schlechte Idee wäre.
Dann setzt die Musik ein, das kosmische Radio hat Johnny Cash ausgesucht, aber den ganz alten:
Und du könntest das alles haben.
Mein schmutziges Königreich.
Ich werde dich fallen lassen.
Ich werde dir weh tun.
Wir drehen uns zum Fenster um. Da hinten steht der Calabretta, mit tröstendem Blick.
Wird schon wieder.
Jetzt kommt erst mal rein.
Essen ist fertig.
In diesem Moment fällt mir ein, dass ich heute Vormittag um zwölf Uhr mit Klatsche am Rathaus in Altona verabredet war, weil da Carla und Rocco geheiratet haben und wir bei ihnen sein wollten. Und wir haben doch heute Morgen noch drüber gesprochen. Ver-

dammt, ich bin die schlechteste Freundin der Welt. Ich hab's nämlich tatsächlich einfach vergessen.
Und Klatsche, der alte Hippie, war offensichtlich wieder so tiefenentspannt, dass er nicht mal auf die Idee kam, mich anzurufen.
Manchmal ist es mir ein Rätsel, wie wir alle durch dieses Leben stolpern, ohne ständig darin umzukommen.

Manche behaupten, ich sei kein Mensch. Ich hätte kein Herz. Das ist so nicht ganz richtig. Ich habe ein Herz. Aber ich kann es ausschalten. Wegdrehen. Dann bin ich eine Maschine, die tut, was getan werden muss. Ich kann das tagelang, wochenlang durchhalten.
Nur wenn sie den Raum betritt, wenn sie neben mir steht, wenn sie sich abends zu mir legt, wenn ich in ihre Augen sehe, wenn ihr Haar mein Gesicht berührt, dann schlägt mein Herz. Immer.

VII.

Nichts versprechen, alles halten

* * *

Carla ist Portugiesin, Rocco ist alles Mögliche, genau wie seine Mutter, und sein Vater war mit hoher Wahrscheinlichkeit ein polnischer Geiger. Zusammen sind Carla und Rocco ein Paar, das in einer barocken katholischen Kirche auf der Großen Freiheit ganz gut aufgehoben ist, und jetzt stehen die beiden da und freuen sich so sehr darüber, zu heiraten, dass die ganze Zeit gelacht wird. Die Braut lacht, der Bräutigam lacht, und die Gäste lachen auch, es ist unglaublich. Das Beste daran: Keiner weint. Tränen könnte ich heute wohl nicht verkraften. Würde auch nur einer heimlich anfangen zu weinen, ich würde überlaufen, und dann wäre hier aber Land unter. Der Tag gestern hatte zu viele Gefühlsraketen für mich im Paket.
Und jetzt auch noch Hochzeit. Bin ich ja eh nicht so gut drin.

Als Klatsche heute Morgen an meiner Tür geklingelt hat, hat er mit keinem Wort erwähnt, dass ich das Standesamt verpasst habe. Er hat für ein paar Sekunden sparsam gekuckt, ich hab mich geschämt, und dann hat er gesagt:
»Verwegen siehst du aus. Wie einer von diesen schicken Bankräubern.«
Ich hab für solche Anlässe nichts anzuziehen. Ich hab nur meinen Nadelstreifenanzug. Klatsche trägt eine schwarze Smokinghose, ein weißes Hemd, seine Jeansjacke, für Notfälle eine Zigarette hinterm Ohr und dazu sein bestes Grinsen.
Carla sieht umwerfend aus, die Schneiderzwillinge haben ihr ein knielanges und brettenges weißes Kleid mit schwarzen Rosen auf den kurvigen Leib genäht. Ihre dunklen Locken sind im Nacken zu einem dicken Knoten gesteckt, auf ihrem Seitenscheitel sitzt eine schwarze Samtrose, die sich verhält wie ein kleiner Hut. Rocco trägt einen sehr schmalen, sehr schwarzen Anzug und tatsächlich eine schmale schwarze Krawatte. Sein zauseliges braunes Haar wurde zwar nicht gekämmt, aber ich glaube, es wurde geschnitten. Er hält Carla fest an der Hand und sieht sie an, als wäre sie eine Königin. Ich bin nun wirklich kein Fan von Hochzeiten, aber das hier geht schon in Ordnung.
Neben mir auf der Bank sitzt der Faller in seinem guten grauen Anzug, und neben dem Faller sitzt der Calabretta in seinem guten braunen Anzug. Eine merkwürdige kleine Familie sind wir. Wie uns das Leben auf Sankt Pauli eben so zusammengewürfelt hat.

Die anderen Menschen in der Kirche kenne ich nicht oder nur ein bisschen. Da sind Carlas Verwandte aus Portugal, Roccos Freunde vom Kiez, ein paar der Stammgäste aus Carlas Café und der *Blauen Nacht.* Insgesamt eher bunt und nicht weniger merkwürdig als unser harter Kern in der ersten Reihe.

»Carla Velosa«, sagt der polnische Priester, »nimmst du den hier anwesenden Rocco Malutki an als deinen Mann, und versprichst du, ihm die Treue zu halten in guten und bösen Tagen, in Gesundheit und Krankheit, und ihn zu lieben, zu achten und zu ehren, bis der Tod euch scheidet?«

»Ja«, sagt Carla, »das will ich gerne versuchen.«

Der Priester räuspert sich.

»Rocco Malutki, nimmst du die hier anwesende Carla Velosa an als deine Frau, und versprichst du, ihr die Treue zu halten in guten und bösen Tagen, in Gesundheit und Krankheit, und sie zu lieben, zu achten und zu ehren, bis der Tod euch scheidet?«

Rocco sagt: »Selbstverständlich.«

Und dann nimmt er Carla in den Arm und hebt sie hoch und küsst sie, und in der Kirche fangen die Menschen an zu johlen und zu klatschen, und weil nichts von alledem aufhört, nicht das Küssen, nicht das Johlen, nicht das Klatschen, weiß der arme Priester nicht so recht, was er jetzt machen soll, und da segnet er die beiden einfach, und dann fängt der Mann an der Orgel an, Musik zu machen, und so endet diese Hochzeit in einem herzlichen Chaos. Rocco steckt Carla noch schnell einen Ring an, dann lachen sie sich wieder

kaputt und gehen zum Ausgang. Wir schmeißen so viele Blumen wie möglich übers Brautpaar, es ist, als würden Engel von der Decke fallen.
Ich versuche, nicht zum Calabretta rüberzusehen. Der hat doch eben hektisch seine Sonnenbrille aufgesetzt. Dabei weiß er ganz genau, dass hier heute nicht geheult werden darf. Sogar der Himmel hält sich daran. Als wir die Kirche verlassen, ist keine Wolke zu sehen. Die Sonne scheint, endlich. Und so stehen wir da auf den Kirchentreppen und blinzeln in ein Licht, das alle schon fast vergessen hatten.

☆

Na so was. Ich tanze. Ich tanze ja eigentlich nie. Ich mache das nur, weil ich weiß, dass Klatsche sich darüber freut. Und weil die Barkasse so schwankt, dass man sich die ganze Zeit hin und her wiegen muss, und weil es also eh schon egal ist. Das kleine Schiff hat Rocco organisiert, Carla wusste nichts davon, und sie hat gequietscht vor Freude, als wir vorhin alle an Bord gegangen sind. Die Barkasse ist mit weißen Blumen geschmückt, ich glaube, das sind Margeriten oder so. Sie sind einmal rund um die Reling gelegt, sie baumeln als Girlanden von der Decke, sie klemmen in kleinen Vasen mit Saugnäpfen an den Fenstern. Und am Heck, am offenen Teil des Schiffs, klebt ein Blumenring über dem Rettungsreifen. Klatsche hält mich fest im Arm und schiebt mich über die Bretter. Aus den Lautsprechern scheppern Shantychöre, die Elbe plätschert, die Möwen schreien, die Sonne scheint tatsächlich immer noch. Rocco und Carla sitzen neben dem Blumenreifen auf der schmalen Holzbank, sie auf seinem Schoß und ordentlichen einen in der Krone. Die Samtrose auf ihrem Kopf ist irgendwann im Laufe des Nachmittags koppheister gegangen, zack, ab ins Wasser damit, gute Reise. Das Lachen der beiden ist in ein seliges Glucksen übergegangen, Rocco hat Carla heute noch nicht ein Mal losgelassen. Das Glück lässt sich greifen, so was hat die Welt lange nicht gesehen. Ich freue mich für Carla, aber da ist auch ein schmaler, grauer Riss in meiner Brust, weil ich weiß, dass mit mir ein solches Glück niemals gehen wird.

Ich höre auf zu tanzen.

»Was ist?«, fragt Klatsche und legt sein Kinn auf meinen Scheitel.

»Ich brauche was zu trinken«, sage ich.

»Okay, Baby«, sagt er und stellt mich an der Reling ab. »Halt dich hier fest, ich bin gleich wieder da.«

Ich halte mich am zerschlissenen Barkassenholz fest und knurre ihm ein bisschen hinterher.

Da draußen ist die HafenCity.

Hamburgs neue Schluchten aus Stahl.

Die Privilegierten-Canyons.

Und dann diese riesige Euromüllkippe, dieses kaputte Superkonzerthaus. Finster und glitzernd und so was von unnötig. Da stand mal der schönste Leuchtturm der Stadt, jetzt steht da ein Ärgernis.

»Bitte schön«, sagt Klatsche, und ich drehe mich zu ihm um. Seine Augen sind so grün wie die schmutzige Elbe in der Sonne.
»Hast dich gut festgehalten. Bist nicht gesprungen.«
Bin ich nicht. Bin ich nicht? Manchmal hab ich keine Ahnung, was jemand wie ich eigentlich soll. Wie ich gemeint bin. Wer so was braucht. Er hält mir ein Schnapsglas hin, randvoll. Ich nehme es ihm aus der Hand, mache die Augen zu, trinke es aus und sage: »Danke schön.«
Er legt seine Hand auf meine Hand.
»Willst du mich heiraten?«
Wie bitte?
»Wie bitte?«
»Willst du mich heiraten?«
Ich glaub, ich spinne. Spinnt der?
Er sieht mich ernst an, so ernst, als würde er gleich auf die Knie gehen wollen, und seine Hand liegt immer noch auf meiner. Ach du Scheiße. Was mach ich denn jetzt? Was mach ich denn jetzt, was mach ich denn jetzt, außer kucken wie ein Auto?
Und dann reißt er die Augen auf, fängt an zu grinsen und sagt:
»Buh!«
Was?
»Da hab ich dich aber erschreckt, hm? Nie im Leben würdest du mich heiraten! Und ich dich auch nicht, keine Bange. Ich bin für mein Leben gerne nicht mit dir verheiratet.«
Ich sinke kurz in mich zusammen, ich muss lachen, ich bin so erleichtert, ich weiß nicht, was ich sonst machen

oder sagen soll, also lasse ich mich wieder von ihm in die Arme nehmen, und wir tanzen weiter, mit Augen zu, bis die beschissene HafenCity an uns vorbeigezogen ist. Heiraten, so ein Scheiß.

Später, als die Dämmerung kommt, gehen auf unserer Barkasse Hunderte von bunten Lichterketten an, das ganze schaukelnde Ding besteht nur noch aus weißen Blumen und Licht und Musik, und weil der Kapitän Feierabend machen will und wir schon gefühlte fünfzig Mal zwischen Speicherstadt und Blankenese hin und her gefahren sind, gehen wir an den Landungsbrücken vor Anker und dümpeln und schwappen und tanzen vor uns hin, bis von der Landseite her langsam der Morgen über die Elbe schleicht.

VIII.

Eine sehr hässliche Sonnenbrille

☆ ☆ ☆

Es ist, als wäre jemand, den du kennst, schon seit langem krank, und du hättest es schon immer geahnt, aber weit von dir geschoben, weil dir allein die Vorstellung dieser Krankheit zuwider ist. Es geht dich auch nicht wirklich was an, denn es handelt sich nicht um einen Freund. Du kannst den ja nicht mal leiden. Und doch trifft es dich, wenn sich dir plötzlich einer in den Weg stellt und sagt: Es ist genau so, wie du dir nie vorstellen wolltest, dass es tatsächlich ist.

Heute Morgen rief mich Christian Bruns an. Bruns ist Ermittlungsrichter. Er ist für unseren Fall zuständig, den Mord an den beiden Polizisten. Und er ist einer von den Richtern, die sich die Akten immer ganz genau ansehen, auch dann, wenn sie noch gar nichts damit zu tun haben. Bruns setzt sich öfter mal am Wochenende hin und liest sich ein, falls ihn was interessiert. Und weil Bruns ein Polizistensohn ist, hat es ihn eben interessiert.

Bruns ruft mich also heute Morgen an und sagt: »Können wir mal reden?«

»Ich war gestern Abend auf einer Hochzeit«, sage ich. »Können wir's auf morgen verschieben?«

»Nein«, sagt er, »können wir nicht.«

Er räuspert sich.

»In Ihren Akten fehlen Seiten.«

Ich bin auf einen Schlag wach und nüchtern.

»Wo genau?«

»Da taucht ein gewisser Dr. Sackmann auf«, sagt Bruns, »der nach Einschätzung der ermittelnden Kollegen ein wichtiger Zeuge sein könnte.«

»Richtig«, sage ich.

»Der Name und die Einschätzung der Kollegen tauchen aber nur einmal auf und dann nie wieder«, sagt Bruns. »Auf mich wirkt es, als sei da was entfernt und dummerweise eine Kleinigkeit übersehen worden.«

Ich klemme mir das Telefon ans Ohr, schraube die Espressokanne auf, fülle Wasser und Kaffee rein und sehe zu, dass ich das Ding auf den Herd kriege. Und meine Gedanken geordnet.

»In der Akte steht nichts darüber, dass Henning Sackmann verschwunden ist?«

»Nein.«

»Und da steht auch nicht, dass seinem Haustier die Kehle durchgeschnitten wurde?«

»Nein.«

Heiliges Kanonenrohr. Was ist da denn los?

»Worum geht's in dem letzten Bericht, der in der Akte auftaucht?«, frage ich.
»Darum, dass Ihre Leute den Kiez durchkämmt haben, auf der Suche nach Verdächtigen, die in den letzten zehn Jahren mit automatischen Waffen aufgefallen sind.«
»Da steht nichts von einem Sebastian Diekmeier?«, frage ich.
»Nein«, sagt Bruns, »der Name taucht da nicht auf.«
»Kushtim Krasniqi?«, frage ich.
»Nie gehört«, sagt er.
»Kein Vernehmungsprotokoll?«, frage ich.
Ich höre ihn blättern.
»Nein«, sagt er. »Hab ich hier nicht.«
»Verdammt«, sage ich, auch weil ich gerade nicht aufgepasst habe und mir heißer Kaffee über die Finger gelaufen ist. »Okay. Ich bin in einer halben Stunde im Gericht.«
»Nein«, sagt er. »Ich komme zu Ihnen.«
Ich gebe ihm meine Adresse, ziehe Klatsche aus dem Bett, verfrachte ihn nach drüben in seine Wohnung und reiße bei mir die Balkontüren auf. Alle Nachteulen raus jetzt, aber dalli.
Als es klingelt, schaffe ich es gerade noch, eine Jeans anzuziehen und mir ein Handtuch um die nassen Haare zu wickeln.
Bruns kommt im Trainingsanzug die Treppen hoch, nimmt immer zwei Stufen auf einmal. Er war offensichtlich auch nicht darauf vorbereitet, heute Kundenkontakt zu haben. Er grinst, als er mich sieht.
»Hätten Sie noch ein paar von diesen Augenringen für mich, Frau Riley? Die sehen ja super aus.«

»Liegen abfahrbereit auf dem Küchentisch«, sage ich. Nach Zurückgrinsen ist mir nicht.

Bruns ist groß und gut in Form, er hat braune, kurze Haare, ein freundliches Gesicht und ist gerade mal Mitte dreißig. In seinem dunkelblauen Trainingsanzug und mit der großen Umhängetasche würde er glatt auch als Sportlehrer an einem netten Gymnasium in Othmarschen durchgehen.

»Tut mir leid, dass ich Sie so aufgescheucht habe«, sagt er und marschiert in meine Küche, als wäre er öfter hier.

Bruns ist unter meinen Kollegen nicht besonders beliebt, er gilt als Korinthenkacker. Der Brückner hat im Zusammenhang mit Bruns schon mal das Wort »Ameisenficker« fallenlassen. Ich sehe das nicht so. Der Mann arbeitet viel und gründlich und lässt sich von niemandem betucken. Ich mag den.

»Kaffee?«, frage ich.

»Gerne«, sagt er, setzt sich an meinen Küchentisch und holt einen Leitzordner aus seiner Tasche.

»Ich wollte eigentlich zum Sport«, sagt er, als er bemerkt, dass ich seine Tasche im Blick habe. »Ich wollte vorher nur kurz in den Akten zum Polizistenmord blättern.« Er setzt ein abwehrendes Gesicht auf und hebt die Hände. »Mich interessiert das einfach, wissen Sie. Ich wollte Ihnen da nicht zu nahe treten.«

Ich setze noch einen Kaffee auf und lächle ihn an.

»Kein Problem«, sage ich. »Außerdem bin ich die Akten seit Freitag los. Oberstaatsanwalt Schubert hat den Fall an sich gezogen.«

»Das hatte ich gehört«, sagt er. »Und deshalb hat's mich auch interessiert.«

Ich ziehe die Augenbrauen hoch.

»Ich wollte wissen, warum Schubert das getan hat«, sagt er. »Nicht dass ich es jetzt wüsste. Soweit ich sehen konnte, haben Sie keinen Bock geschossen. Ich konnte mir das nicht erklären, was Schubert da eigentlich geritten hat, und deshalb wollte ich mir das eben mal ansehen.«

»Für mich kam es auch etwas überraschend«, sage ich und setze mich zu ihm an den Tisch.

»Können Sie es sich denn erklären?«, fragt er.

»Bis heute Morgen dachte ich, Schubert wollte mir einfach mal eins auswischen«, sage ich. »Wir sind nicht die besten Freunde, wissen Sie.«

»Schubert ist ein Unsympath«, sagt er.

Schubert ist ein Arschloch, denke ich, sage es aber nicht, stattdessen sage ich: »Glauben Sie, dass er den Fall an sich gezogen hat, um Informationen verschwinden zu lassen?«

»Ein Oberstaatsanwalt mischt sich nicht in Ermittlungen ein, wenn er nicht vorhat, was zu vertuschen«, sagt Bruns.

Der Kaffee ist fertig. Ich stehe auf und drehe den Herd runter.

»Kann doch auch sein, dass er sich die fehlenden Seiten nur mit nach Hause genommen hat«, sage ich. »Um sie sich genauer anzuschauen.«

»Kann natürlich sein«, sagt Bruns, und ich sehe seinem spöttischen Blick an, dass er mich in diesem Moment für ziemlich naiv hält.

»Okay.« Ich gieße Kaffee in zwei Tassen. »Stimmt. Niemand ist so blöd und nimmt einzelne Seiten aus einer Akte mit nach Hause, weil dann genau das passieren könnte, was gerade passiert.«
Er zieht die Schultern nach oben und nickt.
»Milch?«, frage ich.
»Ja, bitte. Haben Sie auch Zucker?«
Ich schiebe ihm beides zusammen mit seiner Kaffeetasse hin.
»Ist Ihnen im Laufe der Ermittlungen irgendwas an Schubert aufgefallen?«
»Nein«, sage ich. »Ich hab mich gewundert, weil er mir plötzlich so engagiert vorkam, das ist ja sonst nicht so seine Art. Aber, meine Güte, es geht um einen ziemlich brutalen Polizistenmord, da kann man auch als Oberstaatsanwalt schon mal unruhig werden. Er muss, genau wie wir, langsam Ergebnisse präsentieren.«
Ich schütte mir Milch und Zucker in meinen Kaffee und rühre um. »Und bisher ist uns leider jeder Ermittlungsansatz irgendwie gleich wieder durch die Flossen gerutscht. Wir haben nicht einen handfesten Erfolg vorzuweisen.«
»Wer ist dieser Dr. Sackmann?«
Dr. Sackmann liegt eventuell mit Betonschuhen an den Füßen in der Nordsee. Weil er mit uns reden wollte.
»Sackmann ist Unternehmer und Lobbyist«, sage ich, »ein wichtiger Mann im Immobiliengeschäft. Und er spielt gerne um viel Geld. Auch illegal. Zwei von Sackmanns Autos wurden am Tatort gesehen, wir glauben, dass er irgendwas damit zu tun hatte. Ich habe ihm ge-

meinsam mit den Kollegen Calabretta und Inceman einen Besuch abgestattet, das war am Montagabend. Sackmann hat uns ziemlich schnell einen Deal vorgeschlagen. Er wollte uns sagen, was er weiß, wenn er selbst außen vor bleibt. Auf diesen Deal haben wir uns eingelassen, Sackmann sollte am Mittwochmorgen ins Präsidium kommen. Dort ist er nie aufgekreuzt. Wir sind dann zu seiner Alstervilla gefahren. Da war er auch nicht, nur sein Luchs lag mit aufgeschlitzter Kehle im Garten.«

Bruns nickt.

»Stimmt, das ging ja durch die Presse. Ich hab das nicht mit unserem Fall in Zusammenhang gebracht.«

»Wir haben es auch unabhängig davon an die Presse gegeben«, sage ich.

»Was ist mit den Autos, die am Tatort gesehen worden sind, sind die sichergestellt?«

»Verschwunden«, sage ich, »zusammen mit Dr. Sackmann.«

»Was glauben Sie?«, fragt er.

»Dass Sackmann nicht mehr lebt«, sage ich.

»Wer wusste von dem Deal, außer Ihnen und den beiden Kollegen von der Kripo?«

»Oberstaatsanwalt Schubert«, sage ich.

Bruns atmet laut ein, noch lauter wieder aus und schiebt die Unterlippe nach vorne.

»Und wer ist dieser … wen erwähnten Sie am Telefon noch gleich? Der vernommen wurde?«

»Krasniqi«, sage ich, »Kushtim Krasniqi. Er hat versucht, Sebastian Diekmeier, Sackmanns Anwalt, einzuschüchtern.«

Ich nehme das Handtuch aus meinen Haaren und lege es auf meinen Schoß.
»Krasniqi ist eine der zahlreichen rechten Hände unseres lieben Freundes aus Albanien.«
»O Mann«, sagt Bruns, »das ist jetzt nicht wahr, oder?«
»Sieht leider so aus«, sage ich. »Oberstaatsanwalt Schubert hat sich übrigens ungebeten in Krasniqis Vernehmung eingeklinkt.«
»Was?« Bruns legt die Stirn in Falten.
»Yo«, sage ich. »Dann hat er uns rausgeschickt, die Kollegen Calabretta und Inceman und mich. Er war ungefähr fünfzehn Minuten mit Krasniqi alleine. Ohne dass weiter ein Band gelaufen ist, das hatte der Calabretta zwischendurch dummerweise abgeschaltet. Wir sind dann sofort hinter die Spiegelwand, weil wir natürlich wissen wollten, was Schubert mit Krasniqi zu bereden hat. Aber der alte Fuchs hat die Soundverbindung gekappt. Der Calabretta durfte am Ende nur noch die Fleißarbeit machen und das Band abtippen.«
Warum genau das Band nicht mehr gelaufen ist, warum der Calabretta die Bandaufnahme schon lange vorher unauffällig gestoppt hat, lasse ich unter den Tisch fallen.
»Und an wen ging das Vernehmungsprotokoll?«, fragt er.
»An Oberstaatsanwalt Schubert«, sage ich.
Ich stehe auf, laufe einmal durch die Küche, lege mein Handtuch auf den kalten Heizkörper und setze mich wieder hin.

»Was zum Teufel macht der Idiot da?«
Bruns schüttelt den Kopf. »Keine Ahnung. Aber ich denke, Sie sollten ab jetzt verdammt vorsichtig sein.«
Ich sehe ihn an.
»Okay, falsch«, sagt er. »*Wir* sollten ab jetzt verdammt vorsichtig sein.«
Danke.
»Ich hätte gerne meine Leute dabei«, sage ich.
Bruns trinkt seinen Kaffee aus und legt mir die Hand auf den Unterarm. Seine Hand ist warm und trocken.
»Sie ziehen morgen früh ins Vertrauen, wen Sie für vertrauenswürdig halten«, sagt er. »Dann treffen wir uns nach Dienstschluss mit allen hier bei Ihnen. Und dann sehen wir weiter.«
Ich merke, wie meine Knie zittern, wie mich die Sache erschüttert. Mir war immer klar, dass Schubert ein blöder Sack ist, aber dass er offensichtlich in einem wie auch immer gearteten Kontakt zu unserem größten Feind steht, das zieht mir doch den Boden weg.
Bruns sieht, dass ich wackle.
»Keine Sorge«, sagt er, »ich hab Sie da reingezogen, ich lasse Sie damit nicht allein.«
Er steht auf, ich begleite ihn zur Tür.
»Wir sehen uns morgen«, sagt er und gibt mir die Hand.
»Wir sehen uns morgen«, sage ich.
Auf der Treppe dreht er sich noch mal um, sieht mich an. »Das ist ekelhaft, oder?«
»Ja«, sage ich, gehe zurück in die Küche, setze mich an den Tisch und bleibe da sitzen, bis mir der Himmel auf den Kopf fällt.

Später, als Klatsche aufgestanden ist, machen wir einen Spaziergang durchs Viertel. Ich erzähle ihm erst mal nichts von der ganzen Sache.
Ich muss das erst mal sacken lassen.
Aber entweder bin ich paranoid, oder dieser Typ mit der hässlichen Sonnenbrille läuft uns die ganze Zeit hinterher.

Es ist lächerlich einfach: Ich mache euch Angst. Eine schlimme, boshafte Angst, die ihr nicht greifen könnt. Die Angst ist meine Waffe, im Angstmachen bin ich gut. Dann die Härte. Meine Härte und eure Angst, das geht Hand in Hand. Ich hab beides drauf, ich kann machen, was ich will. Ich spiele mein Spiel.
Und wenn einer nicht mitspielt, schicke ich eben jemanden los, der ihn aus dem Weg schafft.

IX.

Massive Attacke

☆ ☆ ☆

Und dann, am Montagmorgen um 9 Uhr 45, als das Dauerregenfeuer schon seit zwei Stunden offiziell wieder eröffnet ist, taucht wie durch ein Wunder Hajrullah Terpani gemeinsam mit seinem Anwalt auf der Davidwache auf. Hajrullah Terpani legt die Tatwaffe auf den Tisch, eine Mini-Uzi ohne Magazin, und erklärt, er habe am Sonntag vor einer Woche am Jenischpark zwei Polizisten erschossen. Er erzählt von seinen Drogenproblemen, und dass er sich in der Nacht vor der Tat eine hochkarätige Kokain-Speed-Mischung in den Kopf geknallt hätte. Er wüsste bis heute nicht, wie er eigentlich zum Park gekommen sei. Er hätte sich von allen und jedem bedroht gefühlt. Und als dann diese beiden Streifenpolizisten aus ihrem Auto gestiegen sind, ja, da wäre er dann eben vollkommen ausgerastet. Es täte ihm sehr leid.

Hajrullah Terpani hat keine feste Arbeit, keinen festen Wohnsitz, nicht mal eine Aufenthaltserlaubnis. Hajrullah Terpani ist mit niemandem in Verbindung zu bringen, außer mit der Täterbeschreibung unserer Zeugin vom Tatort. Und seine Fingerabdrücke sind auf dem Uzi-Magazin, das wir im Park gefunden haben.
Es passt alles: Er hat massive Probleme mit Drogen, er ist geständig und bereut. Und damit er nicht allzu hohe Kosten verursacht, wird darauf geachtet werden, dass er möglichst schnell wieder im Flieger nach Albanien sitzt. Er wird zwar schön verknackt werden, das ist sicher, aber auch, dass er in sechs bis acht Jahren wieder rauskommt und mit der Kohle, die er für diese Version der Geschichte kassiert hat, für immer auf die Malediven abdampfen kann.
Es ist zum Verrücktwerden.
»Ich glaub dem kein Wort«, sagt der Calabretta.
Keiner von uns glaubt dem ein Wort.
Nur Oberstaatsanwalt Schubert, der hat den Fall mit einem zufriedenen Lächeln für abgeschlossen erklärt.
Meine Männer sind frustriert.
Ich hatte noch keine Gelegenheit, in Ruhe mit ihnen zu reden, die Aufregung war zu groß, alles fiel durcheinander. Ich konnte sie erst mal nur für heute Abend zu mir bestellen.
Da war Verrätergefühl, zu konspirativ für jemanden wie mich, der aus lauter geraden Linien besteht.
Doch der Frust in ihren Augen sagt mir, dass es genau richtig ist so.

Wenn die Arschlöcher da draußen glauben, wir könnten nicht so hinterfotzig sein wie sie, haben die sich aber geschnitten.

☆

Sie kommen einer nach dem anderen in meine Küche getrudelt. Der Calabretta, der Brückner, der Schulle, dann der Inceman. Den Tschauner will ich erst mal raushalten, der hat noch so viel vor und ist für so eine Sache vielleicht noch ein bisschen zu hitzköpfig. Kringe und Bartels wurden heute Vormittag sofort wieder zu den Drogen abgezogen. Da brauchen sie jeden Mann, und unsere Soko ist ja quasi über Nacht überflüssig geworden.

Auf dem Tisch stehen ein paar Flaschen Bier und ein paar Flaschen Alsterwasser. Der Calabretta macht uns allen ein Bier auf und sagt:

»Also. Warum sind wir hier?«

Mein italienischer Kollege riecht sofort, wenn was nicht stimmt, und er hat Witterung aufgenommen.

»Moment noch«, sage ich, da klingelt es auch schon.

Bruns hechtet mir entgegen, nimmt wie bei seinem letzten Besuch immer zwei Stufen auf einmal, und oben angekommen, sagt er leise: »Sie werden beobachtet.«

»Was?«

»Schauen Sie mal unauffällig aus dem Fenster.«

Ich lasse ihn rein, und während er in die Küche geht, pirsche ich mich an meine Balkontür ran. Tatsache. Da unten auf der anderen Straßenseite steht wieder der Typ mit der hässlichen Sonnenbrille. Ich bin also doch nicht blöd.

»Der spinnt ja wohl«, sage ich und stapfe in die Küche. »Ich geh mal eben runter. Den kauf ich mir.«

»Das lassen Sie schön bleiben, Frau Riley.«

Bruns gibt jedem der Kollegen die Hand und stellt sich noch mal vor, obwohl sie ihn alle schon kennen. Er ist eine nervige Legende. Er setzt sich hin, nimmt sich ein Bier und legt los.

»Frau Riley und ich gehen davon aus, dass Oberstaatsanwalt Schubert irgendein mieses Ding dreht. Das mag für Sie alle jetzt nicht unbedingt eine große Überraschung sein, aber ein Pappenstiel ist es auch nicht. Ich freue mich, dass Sie bereit sind, in unserem kleinen, geheimen Sonderermittlungszirkel mitzumachen.«

Der Brückner sagt »Äh …«, der Schulle sagt »Ach so«, der Inceman sagt »Verstehe«, und der Calabretta trinkt erst mal einen Schluck Bier.

»Und weil sich die Ereignisse seit heute Morgen etwas überschlagen haben«, sagt Bruns, »und Sie alle sicher bald mit neuen Fällen befasst sind, haben wir nicht viel Zeit.« Er sieht mich an. »Außerdem lässt irgendwer unsere Staatsanwältin observieren. Nicht besonders professionell, aber gerade deshalb vielleicht umso beunruhigender.«

So habe ich das noch gar nicht gesehen.

Der Calabretta hat sein Bier ausgetrunken und räuspert

sich. »Jetzt aber mal schön der Reihe nach. Verstehe ich das richtig: Schubert bescheißt uns?«
»Seit er am Freitag den Fall an sich gezogen und die Akten genommen hat«, sage ich, »fehlt fast alles über Sackmann. Der Name taucht nur einmal kurz auf, könnte ihm auch durchgerutscht sein. Und die Vernehmung von Krasniqi hat es nach Aktenlage nie gegeben.«
»Das ist aber hässlich«, sagt der Schulle.
»Und der Typ, der sich heute Morgen so reumütig gestellt hat«, sagt der Calabretta nachdenklich. »Das gehört dann doch wahrscheinlich zusammen, oder?«
»Na ja«, sage ich, »es spricht alles dafür, dass er unsere beiden Kollegen tatsächlich erschossen hat. Aber seine Geschichte, wie und warum das passiert ist, ist vermutlich erstunken und erlogen, das war ja gleich allen klar.«
»Was genau kann Schubert damit zu tun haben?«, fragt der Inceman.
Er hat sein Bier noch nicht angerührt. Als ich ihn ankucke, kuckt er vorsichtig zurück.
»Und wer steckt dahinter?« Bruns streckt den Zeigefinger vor. »Schubert mag ein bisschen korrupt sein, aber für einen Strippenzieher kommt er mir nicht verschlagen genug vor.«
»Wir haben ja eine Vermutung, wer hinter der ganzen Sache steckt«, sagt der Calabretta. »Und wir glauben, dass der Tod der beiden Streifenpolizisten nur ein trauriger Kollateralschaden war. Dass es in Wirklichkeit um was ganz anderes geht.«
»Von dem wir aber noch verflucht weit entfernt sind«, murmele ich.

»Also«, sagt Bruns. Er holt ein Blatt Papier raus und zückt einen Stift. »Wer hängt da alles mit drin?«
»Ich hab Ihnen gestern von diesem Krasniqi erzählt«, sage ich.
»Der zum Dunstkreis des Albaners gehört«, sagt Bruns und schreibt mit Druckbuchstaben ALBANIEN auf sein Blatt Papier, er schreibt es in die Mitte.
»Richtig«, sage ich, »und zwar zum engen, undurchsichtigen Dunstkreis.«
»Und dann Dr. Henning Sackmann«, sagt der Inceman, »unauffindbarer potentieller Informant.«
Bruns schreibt in die linke obere Ecke SACKMANN.
»Der dreht am großen Rad, was Immobilien angeht, oder?«
Ich nicke.
»Und er hat ein Faible für verbotenes Glücksspiel um extrem hohe Summen. Außerdem hatte er, warum auch immer, zwei seiner Luxuskarossen ganz in der Nähe des Tatorts geparkt.«
Bruns schreibt direkt unter SACKMANN die Wörter IMMOBILIEN, GLÜCKSSPIEL und AUTOS.
»Dann haben wir noch den geständigen mutmaßlichen Polizistenmörder«, sagt der Calabretta. »Hajrullah Terpani.«
Bruns schreibt in die rechte obere Ecke TERPANI, zieht einen Pfeil nach unten und schreibt ans Ende des Pfeils TOTE POLIZISTEN.
»Und irgendwo ist da noch Oberstaatsanwalt Schubert«, sage ich.
Ich nehme Christian Bruns seinen Zettel weg und sehe

mir die Notizen an. Zwischen die freie linke untere Ecke und die Mitte schreibe ich SCHUBERT???, und der Brückner sagt: »Immobilien und Glücksspiel, das passt doch wie geschmiert zu unserem Obergangster.«

Er zieht das Blatt zu sich rüber und zeichnet eine Verbindung zwischen SACKMANN und ALBANIEN. Dann schiebt er das Papier in die Mitte des Küchentisches.

»Bisschen verwegen«, sagt der Calabretta, »aber viel mehr zum Festhalten haben wir nicht.«

»Wir sollten Oberstaatsanwalt Schubert beschatten«, sagt Bruns zum Calabretta.

Der Calabretta nickt. Der Schulle und der Brückner schauen sich an.

»Erste Schicht?«, fragt der Schulle.

»Erste Schicht«, sagt der Brückner.

»Ich halte euch derweil den Rücken frei«, sage ich. Neue Fälle erst mal woandershin, aber so, dass es keiner merkt.

Bruns nimmt das Blatt Papier, faltet es zusammen.

»Ich klemme mich gleich morgen hinter meine Kontakte an der Uni. Schubert hat hier in Hamburg Jura studiert. Ich auch. Vielleicht kriege ich was über seine Vergangenheit raus.«

Er hält das zusammengefaltete Papier in die Luft.

»Kann ich das mitnehmen? Als Gedankenstütze?«

Ich nicke.

Der Calabretta steht auf.

»Lasst uns was essen gehen.«

Ich gehe nach vorne zum Wohnzimmerfenster und schaue runter. Der Typ mit der hässlichen Sonnenbrille steht gegenüber in einem Hauseingang und raucht.
Der Regen hat aufgehört. Die Sonne ist rausgekommen und schickt Dampf über die Straße.

☆

Als wir vor die Haustür getreten sind, war er verschwunden. Ich hab ihn nicht mehr gesehen. Ich hab ihn nicht gesehen, als wir uns in der Pizzeria nebenan an einen Tisch am Fenster gesetzt haben. Und ich hab ihn nicht gesehen, als die zwei Männer auf einem Motorrad vorbeigefahren sind und der hintere der beiden einen Molotowcocktail durchs Fenster geworfen hat, mitten auf unseren Tisch. Es hat geklirrt, es hat gezischt, es hat geblitzt, und dann war da Feuer, und da waren Schreie, und da war Blut, von allem ist mir was in die Augen gelaufen, ich hab nichts sehen können.
Aber ich hab den Calabretta fluchen gehört und den Inceman schreien. Dann hab ich mitgekriegt, wie der Brückner rausgerannt ist, den Inceman mit sich gezogen hat, die Schreie sind leiser geworden, Bruns hinterher, sie haben irgendwas gerufen, ich konnte es nicht verstehen. Dann waren da wieder Schreie und noch mal und noch mal. Und überall Feuer. Und dann kam der Calabretta und hat mich mit rausgenommen.

Erst später, als die ganzen Krankenwagen da waren, als ich auf dem Gehsteig gesessen habe und ein Notarzt mir die Splitter aus dem Gesicht gezogen hat, hab ich den Typen wiedergesehen.
Ich fing an, um mich zu schlagen, ich hab geschrien, dass sie den Mann schnappen sollen, der da drüben im Rinnstein steht, der mit der hässlichen Sonnenbrille. Aber sie haben nicht darauf reagiert, und sie haben mich festgehalten, und weil ich weiter um mich geschlagen hab, hatte ich am Ende eine Spritze im Arm, und ich glaube, der Typ hat mich tatsächlich blöde angegrinst, und dann war er wieder weg.

X.

Trauwald? Wer ist Trauwald?

* * *

Die Luft ist feucht und hängt tonnenschwer von der hohen Glasfassade des Altonaer Krankenhauses herab. Ich stehe davor und rauche. Klatsche steht neben mir und lächelt mich müde an. Er sieht traurig aus, und seine Augen schimmern besorgt, aber er denkt, dass ich das nicht merke. Ihm steckt die Nacht in den Knochen. Irgendwann, als ich wieder telefonieren konnte, hab ich ihn angerufen, und er kam sofort, und dann hat er an meinem Bett gesessen, bis der Morgen kam. Sie haben mich eben rausgelassen. Ich darf gehen. Bruns ist schon los, der wurde vor zehn Minuten von seiner Frau und den beiden Kindern abgeholt. Ich warte noch auf den Calabretta und seine Jungs. Die dürfen auch raus, hat er mir vorhin am Telefon gesagt. Ich habe ein Pflaster auf der rechten Wange und eins unterm rechten Ohr. Der Glassplitter hat wohl knapp neben der Halsschlagader gesteckt. Glück gehabt. Den langen Schnitt über dem linken Auge haben sie nur geklebt, den kleinen Schnitt an der rechten Schläfe auch. Die Kratzer an den Händen sind egal. Wird alles wieder. Ich fühle mich noch ein bisschen matschig, von dem Beruhigungsmittel, das sie mir gespritzt haben, aber ich sehe wieder klar. Das Ding gestern Abend galt nicht der Pizzeria. Das war keine Schutzgeldgeschichte, wie die Kollegen von der Davidwache glauben.

Das Ding galt uns.

Das geht aber erst mal keinen was an.

Ich schleiche mich näher an Klatsche ran. Er legt den Arm um mich und küsst mich vorsichtig auf die Stirn.

»Tut's denn weh?«, fragt er.

»Nein«, sage ich. Und wenn, dann geht auch das keinen was an.

Es kommt Bewegung in die Drehtür.

»Hey«, sagt der Calabretta.

»Hey«, sage ich, Klatsche hebt zum Gruß den Zeigefinger an die Stirn.

»Alles in Ordnung?«, frage ich, da kommen der Brückner und der Schulle durch die Tür.

»Na ja«, sagt der Calabretta und zeigt auf seine rechte Seite. Riesenpflaster von der Schläfe bis zum Nacken, würde glatt auch als Verband durchgehen. »Mein Ohr hat was abgekriegt. Unterwasserwelt, Leute.«

Der Schulle hat das Gesicht voller Pflaster, der Brückner nicht so, dafür hat er aber eine Augenklappe, und seine rechte Hand ist voll verpflastert.

»Was ist mit Ihrem Auge?«, frage ich.

Er winkt ab und sagt: »Halb so schlimm.«
»Und was ist mit eurem Kollegen?«, fragt Klatsche. »Sollen wir auf den noch warten?«
Ja. Der Inceman. Wo ist der eigentlich?
Der Calabretta presst die Lippen zusammen und schüttelt den Kopf.
»Ist noch nicht ansprechbar.«
»Warum?«, frage ich. Mir wird ein bisschen schwindelig.
Der Calabretta sieht mich an, und aus seinen Augen schleicht mir die Angst entgegen.
»Sagen sie uns nicht.«
»Morgen Nachmittag dürfen wir wahrscheinlich zu ihm«, sagt der Brückner.
Die dunkle Wolke über meinem Kopf sinkt auf unsere Häupter nieder, lullt uns alle ein und macht uns sprachlos. Ein weiches, aber kaltes Schweigen.
»Na, kommt«, sagt Klatsche, »ich fahr die kaputten Helden mal nach Hause.«

☆

Zu Hause sitze ich auf der Fensterbank und schaue auf die Straße, Klatsche macht in der Küche Kaffee. Der Typ mit der hässlichen Sonnenbrille ist nirgends zu sehen.
Als Klatsche mit zwei großen Gläsern voll dampfender, hellbrauner Flüssigkeit ins Wohnzimmer kommt, sagt er: »Du wirst jetzt aber nicht depressiv, oder?«
Ich bin depressiv, seit ich denken kann.

»Mach dir keine Sorgen«, sage ich und lächle ihn an.
»Dann ist ja gut, Baby. Gehst du gleich noch arbeiten?«
Ich nicke und sage: »Nenn mich nicht Baby.«
»Natürlich nicht. Entschuldige. Mann, bin ich froh, dass dir nicht wirklich was passiert ist.«
Er streicht mir über die Wange.
»Trink mal'n Schluck. Wir müssen gleich los.«
»Wohin denn?«
Ich hab so was von keine Lust auf irgendwohin los.
»Unsere Freunde besteigen heute ein Schiff nach Übersee. Erinnerst du dich?«
Ach, du Scheiße. Das hatte ich vergessen.
»Das hatte ich vergessen«, sage ich.
»Macht doch nichts«, sagt er, »kenn ich ja nicht anders von dir.«
»Blödmann«, sage ich.
Er grinst, er küsst mich auf die Stirn und auf den Hals, auf die Schläfen und auf die Wange, auf die Hände und auf die Schultern, und dann nimmt er mich auf den Arm und trägt mich auf die Couch. Und als er mit mir fertig ist, sind meine Wunden schon ein bisschen verheilt.

☆

Da stehen sie an der Reling, vor einem Mosaik aus bunten Containern, und winken mit Taschentüchern. Carla schmeißt Küsschen und hüpft auf und ab, Rocco strahlt, als wäre er der Reeder dieses Schiffs, oder zumindest der

Kapitän. Die Kräne, die bis vorhin noch all die Container an Deck gehievt haben, stehen still, quietschen nur ganz leicht im Wind. Außer Klatsche und mir steht niemand am Athabaskakai, um von irgendwem Abschied zu nehmen. In Richtung Waltershof kreuzen ein paar Gabelstapler über den Asphalt.
Carla formt die Hände zu einem Lautsprecher, legt sie an den Mund und ruft mir was zu, aber ich kann sie nicht mehr hören. Das Schiff ist schon zu weit weg.

☆

Ich wollte nicht lauschen. Ich wollte Schubert nur im Auge behalten und bin deshalb ein paar Mal vor seiner Tür auf und ab geschlichen. Dann bin ich wieder zurück in mein Büro und habe das Fenster weit aufgemacht, wegen meiner ewigen Raucherei. Da hab ich gehört, wie er mit jemandem telefoniert. Unsere Büros liegen ja genau nebeneinander. Und er stand wohl auch am Fenster.
Ich hab mich ganz dicht an die Wand geklebt und das Atmen vorübergehend eingestellt, und dann hab ich Folgendes gehört:
»Trauwald, ich versichere dir, ich halte meine Hand über dich und deine Geschäfte, das weißt du. Aber mit ihm will ich nichts zu tun haben.«
–
»Er soll meine Leute in Ruhe lassen, sag ihm das.«
–

»Ist mir egal, was er glaubt. Das gestern Abend, das ging eindeutig zu weit.«

–

»Sag mal, begreifst du das nicht? Es geht um Mord. Vor einer Woche, bei eurem blöden Treffen, wurden zwei Polizisten erschossen ... was?«

–

»Erzähl mir keinen Scheiß, IHR habt euch da getroffen. Und was das gestern Abend angeht, keine Ahnung, was das sollte und wen er damit einschüchtern wollte, aber meine Leute sind VERLETZT worden. Die hätten auch TOT sein können. Das geht so nicht. Sag ihm das.«

–

»Was? Das kannst du ihm nicht sagen? Soll ich ihm das lieber sagen?«

–

»Okay.«

–

»Ja, gut.«

–

»Ja, ist ja gut.«

–

»Der soll sich einfach von meinen Leuten fernhalten. Sonst lass ich ihn hochgehen. SAG IHM DAS, TRAUWALD!«

Als er aufgelegt hat, hab ich das Fenster zugemacht, hab mir ein Taxi geschnappt und bin zum Calabretta ins Präsidium gefahren, aber wie die Feuerwehr.

☆

»Trauwald«, sage ich, »wer hieß gleich noch mal Trauwald?«
Ich klopfe leise mit der Hand auf den Tisch, immer wieder, ba-bamm, ba-bamm, ba-da-bamm. Der Calabretta kramt in seinem Kopf, der Brückner und der Schulle in alten Akten. Wir alle haben den Namen schon mal gehört, kauen aber seit einer Stunde drauf rum und kommen nicht dahinter.
»Trauwald«, sagt der Calabretta, »Trauwald, Trauwald, Trauwald. Wer heißt denn bitte so scheiße?«
»Ich hab ihn!«, sagt der Brückner. Er kniet auf dem Fußboden, hat eine Akte vor sich und seine verpflasterte rechte Hand fest auf eine Seite Papier gelegt. »Hier. Trauwald Oenninger. Senatsdirektor in der Behörde für Stadtentwicklung, auch Baubehörde genannt.«
Da ist er. Wusste ich's doch. Der ist uns schon mal untergekommen.
»Richtig«, sage ich und stehe auf. »Der Typ, der sich von dieser skandinavischen Immobilienfirma hat schmieren lassen, wie hießen die noch …?«
»ToftingInvest«, sagt der Calabretta und schlägt mit der flachen Hand auf den Tisch. »Und Schubert hat uns damals auf die Finger gehauen, als wir gegen Oenninger ermitteln wollten.«
»Oenninger war dann plötzlich abgetaucht«, sage ich, »angeblich auf Reha, wegen seiner Prostata.«
»Haha«, sagt der Brückner, »könnte ich auch mal gebrauchen.«
Schön, das geht ja dann wohl schon wieder: verbales Sackkratzen. Männer-WG. Schade für die Jungs, dass

der Schulle gerade nicht da ist, weil er sich Schubert an die Hacken geklemmt hat. Und gut, dass ich nicht zimperlich bin. Wahrscheinlich halten sie mich in solchen Momenten einfach für ihren Kollegen. Was mir jedes Mal einen dieser kleinen Eimer voll Stolz auf die Schultern setzt.
»Aber, was zur Hölle«, sagt der Calabretta, »hat Schubert mit diesem Oenninger zu tun? Wo ist da die Verbindung?«
»Wir rufen jetzt Bruns an und treffen uns gegen Abend alle bei ihm, vielleicht hat er Neuigkeiten«, sage ich, mit Blick zur Tür. »Brückner, rufen Sie den Schulle an und sagen ihm Bescheid?«
Der Brückner nickt, ich lasse die Tür nicht aus den Augen. Die wollten heute kommen und unsere kleine Ex-Soko-Zentrale wieder zu zwei Doppelbüros umräumen. Und ich traue in diesem Laden niemandem mehr, der nicht gestern Abend einen Molotowcocktail abgekriegt hat.

☆

Richter Christian Bruns wohnt mit seiner Familie im Obergeschoss einer kleinen, gartenumkränzten Altbauvilla in Lokstedt. Es ist kurz nach sechs Uhr am Abend. Die sehr blonde und sehr schicke Frau Bruns isst mit den beiden sehr blonden Kindern auf der Terrasse zu Abend, wir sitzen am freigeräumten Esstisch.

Bruns' linke Hand ist verbunden, die vielen kleinen Schnitte, die über sein ganzes Gesicht verteilt sind, wurden mit durchsichtigen Pflastern geklebt. Einer der Schnitte läuft quer über seine Nase. Er sieht aus wie ein Boxer nach einem schlecht bezahlten Kampf.
In der Mitte des Tischs stehen Flaschen mit französischem Mineralwasser und fünf Gläser. Da steht auch eine Flasche Rotwein, aber die rührt keiner an. Wir haben alle noch Medikamente intus.
Bruns erzählt, wo er heute Nachmittag war.
»Ich habe Ruth Micoud angerufen, und sie hat mich gleich auf eine Tasse Kaffee in ihr Büro eingeladen. Frau Micoud ist Professorin an der Juristischen Fakultät. Ich hab bei ihr studiert, und ich glaube, sie mochte mich immer ganz gern.«
Er lächelt auf eine stille Art in sich rein, die seiner blonden Frau kaum passen dürfte.
»Ruth Micoud hat damals mit Oberstaatsanwalt Schubert studiert, die beiden waren sogar ziemlich gut befreundet. Heute sind sie es offenbar nicht mehr.«
Er kuckt in die Runde.
»Der Ton, in dem sie über Schubert gesprochen hat, lässt eher vermuten, dass sie ihn überhaupt nicht ausstehen kann.«
Sehr gut. Frau Micoud finde ich unbesehen super.
»Und als sie dann aus Schuberts Studienzeit erzählte«, sagt Bruns, »wurde mir auch klar, warum. Schubert gehörte einer Burschenschaft an, einer dieser klassischen Juristenverbindungen. Aus dieser Burschenschaft ist eine Art Geheimbund hervorgegangen, dem Schubert

auch angehörte. Der Geheimbund war sogar so geheim, dass niemand seinen Namen kannte. Frau Micoud sagte, sie hätte den Bund immer nur *die Arroganzia* genannt, weil seine Mitglieder ihre Nase besonders hoch getragen hätten.«
Bruns nimmt sich eine Wasserflasche und ein Glas und gießt sich was zu trinken ein.
»Die Arroganzia hat legendäre Partys veranstaltet. Nur wenige Eingeweihte wussten, wann die wo stattfinden würden. Und danach wurde tagelang durch die Uni geraunt, was da wieder alles abgegangen wäre.«
Er trinkt einen Schluck Wasser und zieht die Augenbrauen hoch.
»Ruth Micoud war ein einziges Mal dabei. Danach gab's einen großen Streit, und die Freundschaft mit Schubert zerbrach.«
»Was ist auf diesen Partys passiert?«, fragt der Calabretta.
»Dinge«, sagt Bruns, »wegen denen Ruth Micoud am nächsten Tag zur Polizei gehen wollte. Es gab sehr junge Prostituierte, weit von der Volljährigkeit entfernt. Sie sprach von wirklich SEHR jungen, SEHR verängstigten Mädchen. Und davon, dass diese Mädchen nicht gut behandelt worden sind.«
»Was haben die Typen mit den Mädchen gemacht?«, frage ich.
»Darüber wollte sie nicht reden«, sagt Bruns. »Aber sie bereut es bis heute, dass sie die Polizei auf Druck von Schubert damals nicht informiert hat. Sie ist sich sicher, dass die Mädchen minderjährig waren und nicht frei-

willig auf der Party. Dass da mit Druck und Gewalt gearbeitet worden ist.«

»Schubert wäre nie Staatsanwalt geworden, hätte sie ihn damals angezeigt«, sagt der Brückner.

Bruns hebt abwehrend die Hände.

»Er selbst hat die Mädchen angeblich nicht angefasst, wahrscheinlich hätte man ihn gar nicht belangen können. Aber förderlich für eine Karriere im Staatsdienst wäre die Geschichte bestimmt auch nicht gewesen. Und mir kommt das Grausen, wenn ich darüber nachdenke, wo diese Verbindungstypen heute überall sitzen und Macht ausüben. Das Ziel solcher Bünde sind ja am Ende nicht die Partys, sondern die Ämter. Die helfen sich doch ein Leben lang gegenseitig.«

»Hat Frau Micoud zufällig den Namen Trauwald Oenninger erwähnt?«, frage ich.

Bruns kuckt mich an.

»Nein«, sagt er. »Wer soll das sein?«

»Senatsdirektor in der Baubehörde«, sage ich. »Und vermutlich ein Freund von Schubert.«

Bruns schüttelt den Kopf.

»Von dem hat sie nichts erzählt. Soll ich noch mal nachfragen?«

»Ja, bitte«, sage ich, »wäre interessant zu wissen, ob der damals auch dabei war.«

»Und was machen wir jetzt mit dieser Information über Schubert?«, fragt der Calabretta.

Für ein paar Sekunden sagt keiner was. Dann sagt Bruns: »Presse.«

Puh, ha. Sauber ist das aber nicht.

»Ruth Micoud wäre bereit, mit denen zu reden«, sagt Bruns. »Wir hätten nichts damit zu tun, müssten nur dafür sorgen, dass die Journalisten sie finden. Dann geht das seinen Gang.«
»Damit richten wir ihn hin«, sage ich.
»Da wäre ich jetzt aber ganz emotionslos«, sagt der Calabretta. »Was der kann, können wir auch. Er will Mafia spielen? Kann er haben. Ich meine, was soll ihm großartig passieren? Dem kann keiner mehr was beweisen. Dem wird lediglich der Ruf ruiniert. Der verliert doch nicht mal seinen Job. Der wird schnell aus der Schusslinie gezogen und unauffällig zu den Verkehrsdelikten abkommandiert und fertig. In fünf Jahren geht er dann in den eleganten Vorruhestand. Dafür, dass der hier unsere Ermittlungen torpediert und wir fast hopsgegangen sind, weil er sich mit den ganz miesen Arschlöchern eingelassen hat – also da käme er damit doch verdammt gut weg.«
»Und wer sich in Gefahr begibt, kommt halt auch mal unter die Räder«, sagt der Brückner.
»Kommt darin um«, verbessert ihn Bruns.
Der Brückner sagt: »Papperlapapp.« Und schnickt seine blonden Haare nach hinten.
»Also«, sage ich, »was heißt das? Geben wir den Kontakt zu Ruth Micoud mit ein paar Stichworten an die Leute von der *Morgenpost* weiter? Oder versuchen wir, ihn nach Vorschrift an die Kandare zu kriegen? Ich bitte um Handzeichen. Wer ist für die Zeitung?«
Ich bin die Einzige, deren Hand unten bleibt. Okay.
Draußen auf der Terrasse fällt ein Glas vom Tisch, und es wird ein bisschen geheult.

Bruns steht auf, wir sollen offenbar gehen.
»Dann gilt das ja wohl als beschlossen«, sagt er. »Meine Frau kann die Sache für uns übernehmen, sie hat früher für die *Morgenpost* gearbeitet.«
Er kuckt zur Terrassentür, winkt seiner Frau und lächelt.
»Okay«, sage ich, »dann liefern wir ihn mal ein bisschen ans Messer und kucken, was passiert.«
»Wie geht's eigentlich dem Kollegen Inceman?«, fragt Bruns. »Hat's ihn so viel schlimmer erwischt als uns?«
»Wissen wir nicht genau«, sagt der Calabretta. »Wir dürfen erst morgen zu ihm.« Er gießt sich einen Schluck Wasser in ein Glas, trinkt und fragt mit einem Blick in Richtung Brückner und Schulle:
»Hängt ihr euch weiter an Schubert ran?«
Gemeinschaftliches Nicken.
»Dann übernehmen wir Oenninger?«, fragt er mich.
»Machen wir«, sage ich, nehme mir auch ein Glas mit Wasser und schlucke alles runter, was mir so in der Kehle und auf der Seele klebt.
Na dann mal los.

☆

Wir sitzen in Calabrettas dunkelblauem Alfa, ich rauche, der Calabretta knackt Pistazien. Der Alfa steht im Schutz einer großen Kastanie, es ist halb zehn, die Dämmerung kann sich nicht entscheiden, ob sie uns schon zudecken will oder ob ihr das jetzt noch zu albern ist. Vor dem Alfa hockt ein Kaninchen und starrt die Motorhaube an. In der Villa des Ehepaars Oenninger brennt Licht, aber nur ein bisschen. Frau Oenninger prüsselt irgendwas in der Küche, Herr Oenninger hängt vor der Glotze. Ab und zu steht er auf, kommt dann aber gleich wieder. Wahrscheinlich die Prostata. Ansonsten passiert nichts.

Knallharte Observierung, brutal langweilige Zielperson.

»Hm«, sagt der Calabretta und knackt seine hundertfünfundsiebzigste Pistazie. »Ich bin so scheißmüde. Ich könnte auf der Stelle einschlafen.«

Ich zünde mir noch eine Zigarette an und kucke auf die Uhr.

»Um Mitternacht hauen wir ab«, sage ich. Alleine pack ich diese unfassbar öde Vorstellung hier auch nicht.

Mein Telefon klingelt. Der Faller ist dran.

Er klingt, als wäre er außer Atem.

»Verdammt, mein Mädchen«, sagt er. »Ich hab gerade erst gehört, was da bei euch gestern Abend los war. Geht's Ihnen gut?«

»Keine Sorge, Faller«, sage ich, »ich komm schon durch.«

»Wie geht's dem Calabretta?«

»Sitzt hier neben mir«, sage ich und reiche das Telefon weiter.

»Moin«, sagt der Calabretta. Und dann sagt er: »Geht schon, wirklich.«

Er gibt mir das Telefon zurück. Das Kaninchen hüpft weg.

»Wo seid ihr beide denn?«, fragt der Faller.
»Wir machen 'ne Observation«, sage ich, »in Groß Flottbek.«
»Gegen wen?«
Ich kucke den Calabretta an. Der kuckt zurück, schiebt das Kinn nach vorne und schmeißt eine Pistazienschale zum Fenster raus. Heißt so viel wie: von mir aus.
»Faller«, sage ich, »haben Sie heute Nacht schon was vor?«
»Brauchen Sie Hilfe?«
Ich sage ihm, wo wir stehen.
Er will nicht wissen, worum es geht, er stellt keine Fragen. Er sagt nur: »Ich bin in fünfzehn Minuten da.«

XI.

Irgendwas fehlt immer

* * *

Das einzige Grab, an dem ich jemals stand, war das Grab meines Vaters in Belhaven, North Carolina. Und das wird vorerst auch so bleiben.

Ich lehne am Heck von Calabrettas dunkelblauem Dienst-Alfa, habe die Kollegen vorgeschickt und schon die fünfte Zigarette geschafft. Irgendwas muss ich ja auch tun, während die anderen unsere beiden toten Kollegen auf ihrem Weg in die Erde ein Stück begleiten. Ich fühle mich wie ein Idiot, ich hab's einfach nicht geschafft mitzukommen. Es ging nicht. Ich war wie am Autositz festgetackert. Inzwischen hab ich's ja immerhin bis nach draußen geschafft.

Und wer weiß, vielleicht gehe ich meinen Kollegen später ja ein bisschen entgegen.

Ich zünde mir noch eine Zigarette an und kucke auf die Uhr. Die Jungs sind seit zwanzig Minuten weg.

Dieser Friedhof hier ist eigentlich ganz schön.
Alte Bäume, Efeu, Engel aus Stein.
Wenn nur die Leute nicht so traurig wären.
Ich gehe einmal ums Auto herum und lehne mich gegen die Motorhaube. Direkt vor mir landet ein Spatz auf dem Weg und pickt ein bisschen im Sand.
»Na?«
Der Spatz kuckt mich an.
Ich hab neulich in der Zeitung gelesen, dass die Spatzen bedroht sind. Früher waren die Städte voll von ihnen, heute wird jeder Riss im Gebälk wegsaniert, da finden die Spatzen kein Zuhause mehr. Und jetzt, wo ich mir den Spatz so ankucke, wird mir klar, dass ich seit Ewigkeiten keinen mehr gesehen habe.
Auf Friedhöfen wird dann wohl offenbar noch nicht saniert.
Ich ziehe an meiner Zigarette.
»Bist du alleine hier?«
Der Spatz piept. Klein und schnell. Klassisches, lange nicht gehörtes Spatzenpiepen.
»Ich auch, irgendwie.«
Der Spatz fängt wieder an, im Sand zu picken.
»Aber ich darf mich nicht beschweren. Ich bin am Leben. Weißt du, das ist mehr, als die meisten hier von sich behaupten können.«
Der Spatz ignoriert mich.
»War aber neulich mal ganz schön knapp. Fast wär ich auch schon unter der Grasnarbe gelandet.«
Ich ziehe noch mal an meiner Zigarette, dann werfe ich sie in den Sand und trete sie aus.

»Redest wohl nicht mit jedem, was?«
Der Spatz piept noch mal, schüttelt sich und fliegt weg.
Aha.
Ich schätze, dass ich noch mindestens eine halbe Stunde hier warten muss. Ich setze mich ins Auto.
Musik an.
Nee.
Musik wieder aus.
Oder doch: Musik an.
Nein, geht nicht.
Aus die Maus.
Augen zu.
Warten.
Den Herzschlag unter Kontrolle halten.
Das ist gar kein Friedhof, hörst du?
Das ist nur ein hübscher Park.
Ein besonders stiller Park.
Achtung, Atmen nicht vergessen.
Irgendwo läuten die Glocken einer Kapelle.
Also. Das mit dem Entgegengehen wird heute doch nichts mehr.

☆

»So, Chef«, sagt der Brückner und schiebt mich durch die Drehtür, »jetzt gehn Sie aber ma' vor.«
Von außen ist das Krankenhaus ein hoher, mächtig dunkler Bau, innen blendet das Neonlicht, und die

Decken hängen tief. Das graue Linoleum quietscht unter unseren Sohlen, in manchen Ecken stehen Gummibäume, in manchen von Infusionsständern flankierte Plastikstühle. Ich will sofort rückwärts wieder raus, aber erstens stehen hinter mir ein paar tapfere Männer, die mich gerade auf einer Beerdigung vertreten haben, und zweitens liegt irgendwo da oben der Inceman, der verdammt noch mal Besuch verdient hat.
Ich gehe also vor und warte am Informationstresen, bis einer kommt. Der Calabretta, der Schulle und der Brückner lehnen an der Wand neben mir und sehen aus wie verdeckte Ermittler. Was sie im Moment ja auch irgendwie sind.
Hinter dem Tresen erscheint ein gelangweilt freundlicher junger Mann.
»Wie kann ich Ihnen helfen?«
»Wir möchten unseren Kollegen Inceman besuchen«, sage ich. »Bülent Inceman.«
Der junge Mann wirft einen kurzen Blick auf seinen Computerbildschirm, tippt was ein.
»6. Stock«, sagt er dann, »Zimmer 623. Wenn Sie aus dem Fahrstuhl kommen, gehen Sie nach rechts und melden sich bitte im Schwesternzimmer.«
Okay. Und wieder: Atmen nicht vergessen.
Wir mogeln uns an ein paar Infusionsständern vorbei und verschwinden im Aufzug. Ich drücke den Knopf mit der Nummer 6 drauf. Wir fahren nach oben. Der Aufzug spuckt uns aus, wir gehen nach rechts. Quietschendes Linoleum. Hier. Das Schwesternzimmer. Guten Tag. Wir sind der Besuch. Die Schwester zieht die

Augenbrauen hoch, auch wenn es dafür überhaupt keinen Grund gibt.
»Na. Dann kommen Sie mal mit.«
Das Zimmer vom Inceman hat ein Vorzimmer. Da sollen wir uns die Hände waschen. Und, bitte:
»Nicht so lange bleiben, Ihr Kollege ist noch sehr schwach. Aber es wird ihm sicher guttun, Sie zu sehen.«
Tür auf, wir gehen rein. Es ist warm in dem Zimmer. Und dämmrig. Die Jalousien sind runtergelassen, die Fenster zu.
Der Inceman sieht dünn aus in diesem Bett, vielleicht weil es so hoch ist und so viele Knöpfe und Schläuche und Kabel und Apparate dran sind. Seine Haare hängen ihm in dicken Strähnen in die Stirn, seine Wangen sind unrasiert und wirken hohl, als wäre er schon zwei Wochen hier und nicht erst zwei Tage. Er blinzelt mit glasigen Augen in Richtung Tür, er sieht uns, er erkennt uns, aber ein Lächeln wäre zu viel verlangt.
Denn auf der rechten Seite, da wo früher mal sein Arm war, ist jetzt nur noch ein dicker Verband.

☆

Die Ärzte sagen, es muss ein großer Splitter der Fensterscheibe gewesen sein, der seinen Arm in Stücke gerissen hat. Das Fenster ist zersprungen, als der Molotowcocktail da durchflog, und zwar genau neben

der Schulter vom Inceman. Wäre es ein sauberer Schnitt gewesen, hätten sie den Arm wahrscheinlich wieder drannähen können, aber so, nein, da konnten sie leider nichts mehr machen.
Ich stehe auf der linken Seite seines Bettes, er hält meine Hand. Die ganze Zeit, in der wir da sind, lässt er meine Hand nicht los. Der Calabretta steht auf der anderen Seite und streicht ihm manchmal ein bisschen die Haare aus der Stirn, meistens hat er einfach die Hand auf seinem Kopf. Der Brückner sitzt am Fußende des Bettes, er hält sich am Bettgestell fest und den Blick gerade. Der Schulle sichert das Fenster. Keiner von uns kann reden. Wir sehen den Inceman an, wir fassen ihn an, wir versuchen, eine Bank zu sein. Und doch ist es egal. Wir können ihm nicht helfen. Wir haben ja auch keinen Arm zu viel, den wir ihm abgeben könnten.
Ich streichle seine Hand. Er kuckt mich an. Dann die anderen drei.
»Wenn ich hier rauskomme«, sagt er leise, »werde ich eine Weile nicht da sein.«
»Nicht an die Arbeit denken«, sagt der Calabretta. Seine Stimme ist belegt, reibeisenbelegt.
»Ich meine nicht die Arbeit«, sagt der Inceman. »Ich will weg. In die Türkei. Ans Meer. Zu meiner Familie. Keine Ahnung, wann ich zurück bin.«
Der Calabretta winkt ab, versucht ein Lächeln. Wie aus Versehen streichelt er dem Inceman die Wange.
Die Zeit kriecht. Ich spüre, wie das Blut aus meinen Beinen läuft, aus meinen Füßen, in den Boden rein, das Linoleum verwandelt sich in einen Schwamm, kann all

mein Blut aber trotzdem kaum aufnehmen. Es ist, als würde mich jemand von innen waschen. Ich kann nicht aufhören, seine Hand zu halten. Meine Hand brennt. Der ganze Schmerz seiner rechten Seite in meiner Haut.
»Regnet es noch?«, fragt er.
»Nein«, sage ich. »Es hat aufgehört.«
Keine Ahnung, ob das stimmt.

☆

Meine Gefühle sind ja nicht gerade meine besten Freunde. Ich weiß nicht viel mit denen anzufangen. Nur meine Wut, die kenne ich gut. Auf die hab ich immer und direkt Zugriff. Im Moment rasen wir gemeinsam durch den Stadtteil, Sankt Pauli zittert unter unseren Schritten. Wir fassen zusammen: Zwei Polizisten sind tot, der Inceman ist ein Krüppel, wir haben keine Ahnung, worum es bei der ganzen Scheiße eigentlich geht, sicher ist nur, dass unser Oberstaatsanwalt da irgendwie mit drinhängt und der Scheißtyp von albanischem Gangster. Meine Wut legt einen Zahn zu und marschiert voraus, ich hechte hinterher. Vielleicht war die Idee von Bruns, Schubert hinterrücks und über die Presse eine reinzuhauen, doch ziemlich gut. Dreckig, aber schnell und effektiv. Wenn alles läuft wie geplant, fliegt dem Schwein morgen früh seine Vergangenheit um die Ohren, und er kann nichts dagegen tun. Und wir sind ihn dann erst mal los. Das ist gut, sagt meine Wut. So einer hat kein Recht, auf seinem dicken Stuhl zu sitzen und uns kleine Figürchen übers Schachbrett zu jagen. So einer muss weg. Meine Wut brüllt in mir wie eine wild gewordene Sau. Da duckt sich sogar das alte Kopfsteinpflaster. Und so rennen wir weiter durch die Straßen, entsichert und gespannt und bereit zuzuschlagen, bis mir irgendwann die Puste ausgeht und die Kraft, wütend zu sein, und da rennt meine Wut ohne mich davon. Ich sehe sie noch rot und wild und brennend um die Ecke biegen, aber ich kann nicht mehr. Ich gehe noch ein paar Schritte, ich lasse es ruhiger werden, dann setze ich mich auf eine der abgeliebten Holzbänke in unserer Straße. Ich zünde mir eine Zigarette an, ich höre auf meinen Herzschlag, ich denke an den Inceman und frage mich, wo sein Arm jetzt eigentlich ist. Wahrscheinlich haben sie ihn einfach mit den Resten der Fensterscheibe zusammengefegt und weggeworfen.

Und wie ich da so auf der Bank sitze und an einen Haufen blutigen Müll denke, sehe ich plötzlich den Regen neben mir hocken. Er ist dick und grau, seine Schultern hängen, und er tropft den ganzen Gehsteig voll. Er sieht mich nicht an, er sagt nichts, aber ich spüre, dass er alleine ist und nicht weiß, wohin mit sich. Ich kann ihn nicht einfach hier sitzen lassen. Er tut mir leid. Alle haben dermaßen die Schnauze voll von ihm. Keiner will ihn mehr haben. Das ist ja auch nicht fair.

»Okay«, sage ich, »dann komm mal mit.«

Ich nehme den Regen an die Hand. Er ist schwerfällig und nicht leicht zu bewegen, ein flüssiges Monster.

Aber wir schaffen es über die Straße, durch die Haustür und bis nach oben in den dritten Stock.
Ich hab ihn dann einfach in die Badewanne gelegt und mich gleich dazu. Die Sauerei im Treppenhaus wird schon von selbst wieder trocknen.

☆

»Chas? Wo sind Sie?«
Ich bin in der Badewanne eingeschlafen. Aber das geht den Faller nichts an. Da macht der sich nur Sorgen.
»Ich bin zu Hause. Wo sind Sie denn?«
»HafenCity«, sagt er, »vor *Carls Brasserie,* gleich neben der Elbphilharmonie. Ich wollte Ihnen nur kurz Bescheid geben, dass Senatsdirektor Oenninger sich gerade mit Oberstaatsanwalt Schubert trifft. Der Brückner und der Schulle sitzen im Auto gegenüber, wir sind uns fast gegenseitig über die Füße gefahren. Was ist denn da los, dass Sie nicht nur einen hohen Rathausbeamten, sondern auch noch Ihren Vorgesetzten beschatten lassen, mein Mädchen?«
»Wo ist der Calabretta?«
»Ich hab ihn nach Hause geschickt«, sagt der Faller. »Dem Jungen ging's nicht gut.«
Kann ich verstehen.
»Rufen Sie ihn auch gleich an?«
»Natürlich«, sagt der Faller.

»Seit wann sind die beiden Herren denn schon im *Carls?*«, frage ich.
»Seit zehn Minuten«, sagt der Faller. »Die haben gerade erst die Karte bekommen, das dauert alles noch 'n büschen.«
»Okay«, sage ich, »ich komme.«
Ich ziehe den Stöpsel, das abgestandene Wasser gurgelt in Richtung Abfluss. Ich steige aus der Wanne und wickele mich in meinen Bademantel ein. Mir ist kalt. Scheißidee, das mit der Wanne. Ich gehe in die Küche, setze Kaffee auf und kucke auf die Uhr. Neunzehndreißig. Ich rufe Klatsche an.
Es klappert im Hintergrund, als er rangeht. In der *Blauen Nacht* geht gerade das Geschäft mit dem Alkohol und der Gesellschaft los.
»Na, Frau Staatsanwältin?«
»Na, Herr Barchef?«
»Was machst du?«
»Ich bin zu Hause, muss aber noch mal in die HafenCity.«
»Nobel.«
»Na ja. Wie lange bist du heute da?«
»Bis du kommst und mich hier abholst, Baby.«
Immer die gleiche Tour. Und immer wieder finde ich sie super.
»Gut«, sage ich, »dann rühr dich mal nicht von der Stelle. Und nenn mich nicht Baby.«
Mein Kaffee ist fertig, ich gieße mir eine Espressotasse voll und trinke sie mit drei herzhaften Schlucken aus. Bitter, hart, vielen Dank.

Ich sag das ja immer. Ein starker Kaffee ist durchaus in der Lage, die Dunkelheit zu vertreiben.
Ich ziehe Jeans, Hemd, Stiefel und Mantel an, und ich setze mir meine alte dunkelblaue Hafendetektivmütze auf. Erstens, weil meine Haare nass sind, und zweitens, weil es schon eine ordentliche Herausforderung ist, unerkannt seinem direkten Vorgesetzten auf die Pelle zu rücken.

☆

Nieselregen. Seit einer halben Stunde. Das passt uns gerade aber ganz gut ins Konzept. Auf der Terrasse von *Carls Brasserie* sitzt keiner, und so können der Faller und ich ungestört draußen auf der Treppe rumlungern und in aller Ruhe beobachten, was auf den Tischen des schicken Restaurants passiert. Der diesige Himmel schützt uns einigermaßen vor Blicken von drinnen, aber erst das finstere Millionengrab hinter uns, das eines Tages mal ein Konzerthaus für die Reichen werden soll, aber jetzt schon seine gigantische Dunkelheit über den Platz wirft, macht uns wirklich unsichtbar. Meine Hafendetektivmütze hab ich tief in die Stirn gezogen. Der Faller trägt seinen knittrigen Allwettertrenchcoat und einen grauen Hut, er verschwindet richtiggehend im Nichtlicht des Hamburger Nieselabends. Wir setzen uns auf eine der Bänke, die etwas abseits der schwierig verrenkten Stahllampenkonstruktionen steht, und tun so, als wären wir Touristen. Einheimische trifft man hier sowieso nicht. Ich hab bis heute keine Ahnung, was sich die Stadt bei der Aktion eigentlich gedacht hat. Aber bitte. Von mir aus.

Der Brückner und der Schulle warten abfahrbereit vorm Lieferanteneingang des Restaurants im Auto, falls unsere beiden Herren überraschend aufbrechen.

Der Faller und ich kucken aufs Wasser, und dabei haben wir Schubert und Oenninger ganz gut im Auge. Sie sitzen sich gegenüber, auf roten Lederbänken mit hohen Lehnen. Zwischen ihnen steht ein edel glänzender Holztisch, darauf ein silberner Kerzenständer, dreiarmig, und eine Flasche Rotwein. Die beiden trinken ordentlich, Oenninger mehr als Schubert, der Herr Senatsdirektor hat im Grunde die ganze Zeit das Glas am Hals. Er wirkt nervös. Schubert hingegen scheint vor allem sauer zu sein. Er ist der, der redet. Er redet auf Oenninger ein. Und Oenninger windet sich und lässt Schultern hängen.

»So, mein Mädchen. Und worum geht's da jetzt bei den beiden?«

Der Faller kuckt einem kleinen Schlepper hinterher, der eins von diesen Wartungsschiffen durch die Fahrrinne zieht.

»Um das hier«, sage ich und zeige auf die Schnitte in meinem Gesicht, »das war keine Schutzgeldsache, auch wenn das so in den Zeitungen steht. Damit waren schon wir gemeint. Und es geht um den Mord an den beiden Streifenbeamten. Oenninger hängt da mit drin, und Schubert weiß, dass Oenninger mit drinhängt, und deckt ihn. Deshalb sind wir hier.«

Der Faller kuckt mich an, kuckt dann wieder dem Schlepper hinterher, nickt und schiebt das Kinn nach vorne.

»Das is natürlich 'n Ding.«
Er fummelt eine Roth-Händle aus seiner Manteltasche, klemmt sie sich zwischen die Lippen und zündet sie an.
»Und nu?«
»Schubert fliegt morgen, spätestens übermorgen seine schmutzige Vergangenheit um die Ohren«, sage ich.
»Wie genau?«
»Es gab in seiner Jugend Verbindungspartys mit Teenienutten, und die Teenienutten waren nicht freiwillig da.«
Ich zünde mir auch eine Zigarette an.
»Haben wir der *Morgenpost* gesteckt.«
»Na, na, na«, sagt der Faller, »das ist aber ganz schön gemein von euch.«
»Schubert hat's verdient«, sage ich und lasse den Rauch in meine Lunge. »Wir glauben, dass der Albaner seine Finger im Spiel hat. Und wir beschatten Schubert und Oenninger, weil wir hoffen, dass sich einer von beiden mit ihm trifft. Dass wir es sehen und sie festnageln können.«
Der Faller schaut aufs Wasser und bewegt sich nicht. Aber in ihm schlagen die Wellen hoch in diesem Moment. Sie schlagen bis zur Elbe und verstärken die Strömung.
»Wir kriegen ihn, Faller«, sage ich, »wir kriegen ihn.«
Der Faller kloppt in drei Zügen seine Zigarette durch, ich kann die Hitze in seinem Körper spüren. Dann lässt er sie fallen und tritt sie aus, als wäre sie eine Kakerlake. Vom Wasser her kommt ein Mann auf uns zu. Er trägt einen ähnlich knittrigen Mantel, wie der Faller ihn trägt. Auch mein Mantel ist nicht mehr weit davon entfernt, und wenn er so weitermacht, können die drei demnächst alle zusammen auf den Rummel gehen. Der

Mann hat sich einen Jutebeutel umgehängt, quer, so dass die Träger einmal schräg über seine Brust laufen. Er hat eine Baseballkappe auf dem Kopf und Kopfhörer auf den Ohren, dazu ein Headset. In der rechten Hand hat er einen langen Stab, an dessen Ende so ein kleiner Kneifer angebracht ist. Der Mann steuert geradewegs auf den Faller zu, pickt mit seinem Apparat die Kippe auf, die der Faller eben totgetreten hat, und verstaut sie umständlich in seinem Jutebeutel. Dann stellt er sich neben mich und kuckt mich an. Wartet. Ich rauche zu Ende, lasse meine Zigarette auf den Boden fallen und trete sie aus. Er räumt sie aus dem Weg.
»Danke«, sagt er und holt aus seiner Manteltasche eine CD. Auf der CD sind ein schnauzbärtiger Schlagersänger und eine rote Rose abgebildet, der Song auf der Platte heißt *Angelina.*
»Wollt ihr die dafür haben?«
Der Faller und ich schütteln den Kopf.
Wir trauen uns nicht, den Mann zu fragen, was er mit den ganzen Kippen vorhat.
Der Faller sagt an diesem Abend sowieso kein Wort mehr, kein einziges Wort. Die ganze Zeit nicht. Dazu wühlt es zu stark in ihm. Der Albaner wühlt. Und so schweigen wir eben, während wir an Oenninger dranbleiben und die anderen beiden an Schubert, wir schweigen, während wir darauf warten, dass irgendwas passiert, aber es passiert exakt genauso viel, wie wir reden: nichts.
Als nach Mitternacht überall die Lichter ausgehen, brechen wir ab.

XII.

Verpfiffen

⋆ ⋆ ⋆

Hamburg, sechs Uhr morgens, wieder mal Regen. Ich stehe auf meinem Balkon, trinke Kaffee und rauche. Kaum geschlafen, macht aber nichts. Ich brenne darauf, dass der Kioskmann kommt und seinen Laden aufschließt. Da hinten schlurft er um die Ecke. Er ist müde, reibt sich die Augen. Er hat seinen grünen Kapuzenpulli an, den er die Hälfte des Jahres trägt. Die andere Hälfte des Jahres trägt er eine Bomberjacke mit Fellkragen. Er steckt seinen Schlüssel in das kleine Schloss, das unten in der Mitte der Tür angebracht ist, eine doppelte Schlüsseldrehung nach rechts, dann fährt die Glastür zur Seite. Licht an, Kiosk auf. Ich drücke meine Zigarette aus, stelle meine Kaffeetasse auf meinem Balkonregal ab, schlüpfe zur Wohnungstür raus, durchs Treppenhaus runter auf die Straße, betrete mit großen Schritten den Kiosk, sage »Moin«, greife mir die *Morgenpost* und sehe sofort: Schubert ist geliefert. Sie haben die Geschichte tatsächlich gebracht, und zwar auf der Titelseite.

OBERSTAATSANWALT IM ZWIELICHT:
MINDERJÄHRIGE MÄDCHEN ZUM SEX
GEZWUNGEN?

Unter der Überschrift prangt ein aktuelles Foto von Schubert. Zwar mit schwarzem Streifen über den Augen, aber das macht es ja letztlich nur noch krimineller.

Auf den Seiten sechs und sieben kann man dann die zweiseitige Geschichte über Schuberts Verfehlungen zu Studentenzeiten lesen. Alles natürlich nur Vermutungen und Spekulationen zu dem »Augenzeugenbericht«, den die Zeitung als »Beweis« vor sich herträgt. Reicht aber vollkommen. Ich schätze, Schubert sehen wir in der Staatsanwaltschaft nicht wieder. Wäre ich die Generalstaatsanwaltschaft, ich würde den aber mal ganz fix aus der Schusslinie ziehen. Oder gleich ganz aus dem Verkehr. So ein Ding kann sich einfach keiner leisten.

Ich lege 70 Cent auf den Tresen, stecke die *Morgenpost* ein, gehe wieder nach Hause, mache mir einen zweiten Kaffee, lege mich noch mal ins Bett und lese mir die Geschichte über meinen Chef in aller Ruhe durch. Und ich muss sagen: Frau Micoud hat ganze Arbeit geleistet. Sie hat den Journalisten eine Menge erzählt, und das hört sich alles sehr, sehr eklig an.

Draußen vor der offenen Balkontür zwitschern die Vögel gen Himmel. Ich schaue auf die Uhr. Es ist kurz vor sieben. Vielleicht sollte ich nach Teufelsbrück fahren.

☆

An Deck ist außer mir und einem alten Herrn mit einer Prinz-Heinrich-Mütze kein Mensch, alle anderen ducken sich vor dem längsten Wetter der Welt. Der alte Herr und ich sind die Einzigen, die das Gesicht in die sprühende Feuchtigkeit halten. Mir tut das gut. Und meinem Deckgenossen offensichtlich auch. Er hat die Augen geschlossen, lächelt die meiste Zeit vor sich hin, ab und an gähnt er herzhaft. Macht einen schiefen Mund beim Gähnen.
Manchmal, in diesen wenigen zarten Momenten, sehe ich mir die Leute an, wie sie aussehen, wenn sie so müde sind, und dann denke ich: Menschen. Irgendwie rührend. Dann möchte ich sie ins Bett bringen und füttern und bei ihnen sein.
Ich verlasse das Deck und setze mich auf die Treppe, die zum Unterdeck führt. Ich höre den Motor der kleinen Fähre grölen, über mir grauen die Wolken, am Ufer liegen die großen Schiffe unter den Containerkränen und warten darauf, sich mit Lasten beladen zu lassen. Schiffe. Auch irgendwie rührend.
In Finkenwerder steige ich um, fahre noch eine Station bis ans gegenüberliegende Ufer, und als ich am Anleger

die Fähre verlasse, sehe ich sie schon. Naima steht am Strand und weint. Sie hat ihren feinen Mantel eng um ihren zarten Körper gezogen, sie hält den Mantel mit ihren Armen in der Taille fest, auf eine Art, wie das nur sehr schlanken Frauen möglich ist und die immer aussieht, als würden sie sich selbst umarmen. Erst begreife ich nicht, was da los sein könnte, warum sie weint, es dauert einen Moment, bis ich vom Steg zu ihr runtergestiegen bin und bis ich sehe, dass der Kleine Donner nicht bei ihr ist. Sie sitzt nicht mit ihm unterm Steg, so wie die beiden das sonst immer machen. Sie steht alleine am Strand und registriert mich kaum, als ich mich neben sie stelle und versuche, ihren Blick zu erwischen.

»Was ist passiert?«, frage ich.

Sie antwortet nicht.

»Kann ich helfen? Kann ich irgendwas tun?«

Keine Antwort. Nur eine große Einsamkeit, die da zu mir rübergekrochen kommt. Ich fasse mir ein Herz und lege ihr meinen Arm um die Schulter, und der Arm wird dankend angenommen. Naima dreht sich zu mir, lehnt sich an mich, ich nehme sie in beide Arme und halte sie fest. Ihr Weinen hört dadurch nicht auf, aber irgendwann fängt sie leise an zu reden. Der Kleine Donner hat sich gestern Abend auf dem Nachhauseweg dünnegemacht. Hat das Fell und die Ohren eingezogen, ist mit dem Kopf aus dem Halsband geschlüpft, ist über die Elbchaussee gerannt und hat sich vor ein Auto geschmissen. Der Hund war ungewohnt schnell, so schnell, dass das Auto nicht mehr bremsen konnte. Und er war sofort tot.

»Ich hab ihn noch gestern Nacht im Garten vergraben«, sagt sie. Bei der Wacholderhecke, an der er so gerne lag. »Und jetzt bin ich alleine.«
»Was ist mit deinem Mann?«, frage ich, auch wenn ich mir vorgenommen hatte, nicht nach ihm zu fragen.
Sie löst sich aus meiner Umarmung. »Der konnte mit dem Hund nie etwas anfangen.«
Sie sieht mich an.
»Ich sagte dir doch schon, dass er kein guter Mensch ist. Kann ich eine von deinen Zigaretten haben?«
»Du rauchst doch gar nicht«, sage ich und halte ihr das Päckchen mit den Luckys hin.
»Stimmt«, sagt sie. Sie hat aufgehört zu weinen, sie wischt sich die Tränen weg. »Normalerweise rauche ich nicht. Aber normalerweise denke ich auch nicht darüber nach, meinen Mann zu verpfeifen.«
»Dann lass es«, sage ich.
»Das Rauchen?«, fragt sie.
»Das Verpfeifen«, sage ich und gebe ihr Feuer. »Ich möchte nicht dafür verantwortlich sein, dass du deinem Mann in den Rücken fällst.«
»Das bist du nicht«, sagt sie. »Das hat er ganz alleine hingekriegt.«
Ich zünde mir auch eine Zigarette an und schaue den Möwen und den Enten zu, die vor uns im Sand am Wasser auf und ab watscheln.
»Na dann«, sage ich.
Sie zieht an ihrer Zigarette und muss husten.
»Als wir uns zum ersten Mal gesehen haben«, sagt sie, »warum warst du an dem Tag hier?«

»Zwei Polizisten sind erschossen worden«, sage ich, »am Jenischpark.«
Sie nickt. »Das habe ich mir gedacht.« Sie zieht noch mal, muss noch mal husten. »Ob mein Mann damit was zu tun hat, weiß ich nicht, aber …«
»Wer ist dein Mann?«, frage ich.
»Mein Mann ist Unternehmer«, sagt sie, »Immobilien. Aber er macht auch eine Menge anderer Geschäfte. Sein Name ist Malaj. Gjergj Malaj.«
Ich bin dermaßen vom Blitz getroffen, dass ich nichts sagen kann. O ja, denke ich, dein Mann macht eine ganze Menge anderer Geschäfte. Und wir nennen ihn nicht Gjergj. Wir nennen ihn: den Albaner.
Ich bin mir nicht sicher, ob Naima wirklich weiß, was sie hier gerade tut.
»Du weißt, was du hier gerade tust?«, frage ich.
Sie nickt.
»Ja«, sagt sie, »ich weiß, dass es nicht besonders klug ist. Aber ich kann und will das nicht mehr mit ansehen. Und er hört einfach nicht auf damit. Weißt du, ich trage hier ein Kind.« Sie legt die Hand auf ihren Bauch. »Ich möchte nicht, dass der Vater dieses Kindes miese Dinge tut.«
Ich nehme ihr die Zigarette aus der Hand und schmeiße sie in die Elbe.
»Sagt dir der Name Schubert was?«, frage ich.
Sie schüttelt den Kopf.
»Oenninger?«, frage ich.
Sie nickt.
»Ja, Oenninger, das ist einer aus der Baubehörde. Mit dem macht Gjergj Geschäfte.«

»Was für Geschäfte?«, frage ich.
»Weiß ich nicht genau«, sagt sie. »Aber es geht fast immer um die HafenCity. Es geht um Bauaufträge, Immobilien, Wohnanlagen. Oenninger kümmert sich darum, dass Gjergj die Aufträge kriegt. Gjergj sagte mal, dass Oenninger ein Freund sei. Aber das stimmt nicht, die sind keine Freunde.«
»Warum tut Oenninger das dann?«, frage ich. »Bezahlt dein Mann ihn dafür?«
»Nein«, sagt sie und lacht kurz auf. »Gjergj bezahlt für so was nicht. Er tut den Leuten irgendwann einmal einen großen Gefallen. Und bringt sie so dazu, ihm dann auch einen Gefallen zu tun. Oder mehrere.«
»Welchen Gefallen hat er Oenninger getan?«, frage ich. Naima schlägt ihren Mantelkragen hoch und steckt die Hände in die Taschen.
»Dieser Oenninger«, sagt sie, »der mag junge Mädchen. Sehr junge Mädchen.«
Ach, nee.
»Und Gjergj weiß, wie und wo man an solche Mädchen rankommt, ohne dabei erwischt zu werden.« Sie schlägt die Hände vors Gesicht. »Ich schäme mich dafür, dass er das weiß.«
Ich strecke meine Hand aus und streiche ihr übers Haar. Der weiß noch ganz andere Dinge. Der weiß Dinge, vor denen du und ich Angst haben.
»Woher kennen sich die beiden?«, frage ich.
»Über … ich weiß nicht … einen Geschäftspartner von Gjergj.«
»Henning Sackmann?«, frage ich.

»Weiß nicht.« Sie schüttelt den Kopf. Sie sieht müde aus. Als würde sie gleich im Sand verschwinden, einfach zerkrümeln. »Ich weiß nicht, wie der Mann heißt. Ich weiß nur, dass er verrückt nach Autos ist. Er will sie zeigen, wie ein kleiner Junge. Er schickt sie Gjergj, wenn er irgendwo hinfahren will. Er schickt sogar einen Chauffeur mit. Dann telefonieren sie immer kurz und lachen, als wären sie die Größten. Ich hasse das.«

Sie sieht nach unten, betrachtet ihre Füße im Sand.

Das hätte ich nicht gedacht. Dass die Antwort auf die Frage, warum Sackmanns Autos am Tatort standen, so banal ist: kleine Spiele von großen Jungs. Sandkastenschwanzvergleiche. Größenwahn an der Carrerabahn.

»Was ist mit den beiden toten Polizisten?«, frage ich. »Warum hast du die vorhin erwähnt?«

»Gjergj hat mir geschworen, dass er nichts damit zu tun hat«, sagt sie. »Aber ich weiß, dass er an dem Morgen im Jenischpark war, um sich mit jemandem zu treffen. Er hatte den Kleinen Donner mitgenommen, als Alibihund.« Ihre Stimme hört sich plötzlich gar nicht mehr samtig an. Sie hört sich an wie ein Haufen Blech.

»Mit wem hat er sich da getroffen?«, frage ich.

Sie zuckt mit den Schultern. Sie kann nicht mehr, das sehe ich ihr an. Sie hat mir mehr erzählt, als gut für sie ist.

»Ich muss dich das jetzt fragen«, sage ich, »bist du bereit, eine offizielle Aussage zu machen?«

Sie sieht mich an. Ihr Blick steht auf tönernen Füßen. Gleich bricht er zusammen.
»Ich habe Angst«, flüstert sie.
Ich weiß. Hätte ich auch.
Und dann schiebt sie noch hinterher, dass sie ihn liebt. Aber das glaubt sie sich selbst nicht mehr.
Bevor sie geht, gebe ich ihr meine Telefonnummer.
Ich bin vielleicht die mit den Schnitten im Gesicht, aber sie hat sie tief in ihrer Seele sitzen.

☆

Später, als ich in der Staatsanwaltschaft ankomme, wird auf den Gängen eine Menge getuschelt. Und Schuberts Büro ist leer, keiner da. Ich glaube auch nicht, dass da noch mal einer kommt. Ich hole mir die schon geschlossene Akte zu dem Polizistenmord raus und fahre damit zum Calabretta ins Polizeipräsidium. Die Akte machen wir jetzt mal schön wieder auf. Da geht doch noch was.

☆

Der Calabretta hat Blut geleckt, unseren Besuch beim Inceman abgeschüttelt und sich in einen giftigen Jagdhund verwandelt. Ich hab ihm erzählt, was ich über Oenninger erfahren habe. Ich hab ihm von Oenningers

Vorliebe für Teenienutten erzählt, und dass der Albaner ihm da wohl ein paar Mal einen Gefallen getan hat. Wenn der Calabretta etwas überhaupt nicht abkann, dann sind das Männer mit unehrenhafter Berufsauffassung und Freude an kleinen Mädchen. Da wird mein italienischer Kollege echt böse.

»Von den Pfeifen lassen wir uns nicht länger verarschen«, hat er gesagt, und dann ist er in einem Tempo zu den Dienstwagen gesprintet, dass wir kaum hinterher gekommen sind, der Brückner, der Schulle und ich. Jetzt sitzen wir im dunkelblauen Audi, weil der Alfa wieder mal in der Werkstatt ist, und der Calabretta brettert schlecht gelaunt an der Alster entlang, als wäre ihm der Leibhaftige auf den Fersen. Am Ballindamm legt er sogar noch mal eine Schippe drauf. Wenn er den Audi weiter so tritt, kann er den auch gleich in der Werkstatt abliefern. Auf dem Jungfernstieg sehe ich ihm an, dass er darüber nachdenkt, sich das Blaulicht aufs Dach zu packen und die Abkürzung durch den Neuen Wall zu nehmen, schön in falscher Fahrtrichtung durch die Einbahnstraße zu knallen, aber der Brückner sagt im richtigen Moment:

»Ruhig, Brauner.«

Und so lässt der Calabretta es bleiben und nimmt dann vergleichsweise gesittet den Weg über die Große Bleichen und die Stadthausbrücke. Er lässt es sich allerdings nicht nehmen, seine Karre direkt vor der Behörde für Stadtentwicklung zu parken, direkt vor dem Haupteingang, quasi auf dem Gehsteig.

»So«, sagt er. »Bürschchen.«

Als er mit raumgreifenden Schritten das Gebäude einschüchtert, zeichnet sich unter seiner etwas zu engen Lederjacke seine Dienstwaffe ab. Wir sehen zu, dass wir hinterherkommen, und sind schwer beeindruckt.

☆

Senatsdirektor Oenninger hat diese Art von lichtem Haar, bei der man auf Fotos immer am liebsten einfach den Oberkopf abschneiden möchte. Wegen der Würde, die gerade im Zusammenspiel mit einer gewissen Schweinshaftigkeit des Gesichts schnell auf der Strecke bleibt, wenn das Haar genau auf dem Oberkopf ganz leicht aufgibt, dass gerade so die Haut durchschimmert. Das ist genau die Art von Haarverlust, die auch meistens diesen einen Typ Mann heimsucht: machtgierig, dick, aber voller dünner Ängste. Zu feige, um Klarschiff zu machen. Zu uncool, um es wachsen zu lassen und dann nonchalant nach hinten zu streichen. Zu kleingeistig, um es zu bemerken. Abgesehen von seinen Kopfflusen trägt Oenninger einen grauen CDU-Anzug, eine gelbliche FDP-Krawatte, eine Goldrandbrille in einem Gesicht, das zu viel Fleischkonsum verrät, und Schweißperlen über der Oberlippe. Er zeigt mit dem Zeigefinger auf den Calabretta, als wolle er ihn damit erstechen.

»Sie!«, sagt er. »Sie sollten sich mal ein bisschen gedulden!«

Der Zeigefinger zittert.

»Mein Anwalt wird in wenigen Minuten hier sein, der wird Sie auseinandernehmen, Sie Schmalspursheriff!«

Der Calabretta lächelt sein Ich-lieg-in-Rimini-am-Strand-und-du-kannst-mich-am-Arsch-lecken-Lächeln.

Ich stehe hinter dem Calabretta, der Schulle und der Brückner stehen links und rechts von der Tür.

»Und Sie«, sagt der Calabretta, »Sie kommen da gar nicht drum herum, Herr Oenninger.« Er steckt die Hände in die Taschen seiner Lederjacke. »Wenn Sie jetzt nicht mit uns reden wollen, dann tun Sie's morgen im Präsidium. Offizielle Vorladung, basta. Sie können Ihren Anwalt dann auch gerne mitbringen.«

Oenninger hält immer noch seinen Zeigefinger in die Luft, aber er zeigt jetzt eher in Richtung Decke als auf den Calabretta. Wahrscheinlich hat der Finger gemerkt, dass er an seinem Gegner abprallt. Oenninger lässt ihn ermattet sinken und presst die Lippen aufeinander.

»Wenn ich dann mal wissen dürfte, worum es eigentlich geht?«

Der Calabretta hat sich in der Tat aufgeführt wie ein Sheriff. Ist reingestürmt und hat erst mal den Großen gemacht. Lauthals an den Wänden gerüttelt. Ich mag seinen Stil. Hat was von einem Gorilla.

»Es geht um Bestechung, Herr Oenninger«, sage ich. »Und es geht um einen Polizistenmord, um einen Anschlag auf Beamte der Kripo, der Staatsanwaltschaft und auf einen Richter. Und es geht um Sex mit Minderjährigen.«

Oenninger wirkt jetzt dermaßen erschüttert, dass der Calabretta noch mal einen schnellen Vorstoß macht: »Haben Sie sich am Sonntagmorgen vor einer Woche mit Gjergj Malaj im Jenischpark getroffen, Herr Oenninger?«
Und da geht die Tür auf, der Schulle und der Brückner knurren, Oenningers dünner Anwalt stakst herein, und zwar genau in dem Moment, in dem der Calabretta »Gjergj Malaj« sagt.
Die Schweißperlen über Oenningers Oberlippe werden zum reißenden Fluss, und Italien hat gewonnen.

☆

Ich weiß gar nicht, wie das eigentlich genau passiert ist, dass wir plötzlich das Gefühl von Oberwasser haben. Dass wir tatsächlich glauben, den Albaner schnappen zu können, wenn wir nur Oenninger morgen früh ordentlich in die Mangel nehmen. In unserem Übermut treffen wir uns am Abend in der *Amphore* an der Hafenstraße, der Calabretta, der Faller, Richter Bruns und ich, der Schulle hat Schubert im Auge, der Brückner Trauwald Oenninger, um Mitternacht werden der Faller und der Calabretta die beiden ablösen. Wir sitzen im Nieselregen in den tiefen Stühlen unter den tiefen Markisen, wir trinken Gin und Tonic, und der Faller trinkt Apfelsaft, der Barkeeper hat lange blonde Haare und heißt Egmont.

Wir stoßen auf den Inceman an und auf uns, und während die Dämmerung braungolden im Lichtermeer versinkt, tun wir so, als würde der spektakuläre Hafenblick nur uns gehören.
Bruns erzählt, dass er Ruth Micoud noch mal angerufen hat. Sie konnte sich nicht daran erinnern, ob Oenninger damals auf den fiesen Partys im Verbindungshaus war, sie wollte sich da einfach nicht festlegen. Aber sie kannte seinen Namen, und sie war sich auch sicher, dass Oenninger Teil der Arroganzia war und mit Schubert befreundet.
Ich für meinen Teil würde darauf wetten, dass er dabei war. Nach allem, was mir Naima erzählt hat. Ich nehme mir vor, das für Oenningers Vernehmung als kleine Zusatzdrohung im Hinterkopf zu behalten.
Zack, bringt uns der Barkeeper neue Gin Tonics, die uns noch eine Runde selbstbewusster machen.

Das sind meine besten Männer: Die haben solche Angst vor mir, dass ich sie nicht mal darum bitten muss, es zu tun. Sie tun es von ganz allein.
DAS *ist das perfekte Verbrechen.*

XIII.

Eine Frage der Ehre

☆ ☆ ☆

Man darf sich ja nie zu früh freuen. Und ein bisschen hatte ich es geahnt, als ich gestern Nacht nach Hause geschlichen bin, als mir das sonst so warme Leuchten von Sankt Pauli kalt vorkam. Als ich das plötzliche Gefühl einer Schieflage hatte. Als hätte sich etwas zwischen mir und meiner Welt verschoben, als wäre eine Achse verrutscht, und das hatte nichts mit den Gin Tonics zu tun. Als der Faller anrief und mir sagte, dass der Brückner im Auto eingeschlafen ist und der Herr Senatsdirektor ihm entwischt sein könnte.

Und jetzt stehen wir hier an der Längsseite der Magellan-Terrassen, es stürmt, die Elbe ist mächtig in Bewegung. Wir stehen unter einem schweren Backsteinbau, der von stählernen schrägen Streben gestützt wird, und über uns, an einem der Stahlbalken, baumelt Trauwald

Oenninger an einem Strick. Er trägt die gleichen Klamotten wie gestern, als wir bei ihm waren, nur sein Gesicht sieht anders aus, es hat die graue Farbe seines Anzugs angenommen.
Der Brückner steht ein Stückchen entfernt von uns auf den Treppenstufen und macht ein versteinertes Gesicht, der Schulle steht ein paar Stufen hinter ihm und lässt ihn nicht aus den Augen. Der Calabretta, der Faller und ich rauchen. Die Spurensicherung ist in Großformation angerückt, sie haben ihre weißen Anzüge an. Es hat in Strömen geregnet gegen Morgen, und der Wind hat geblasen.
»Scheißwetter«, sage ich, »die werden nichts finden.«
»Die hätten auch bei ruhiger See nichts gefunden«, sagt der Calabretta und grummelt in seine Lederjacke. »Das ist Profiarbeit. Der ist spurenlos aufgeknüpft worden.«
»Ich weiß nicht«, sage ich, und der Calabretta sagt: »Ich schon.«
Da hinten kommt der Leichenwagen. Wir treten ein Stück zur Seite, damit sie Oenninger runterholen können.
Wir müssen zu Frau Oenninger. Erzählen, was passiert ist. Und ein paar sehr unangenehme Fragen stellen.
Ich hasse das.

☆

Silvia Oenninger ist hyperventilierend zusammengebrochen, wir mussten den Notarzt rufen.
Schubert gibt das komplett gegenteilige Bild ab. Er sieht uns an, als könne ihm nichts, aber auch wirklich nichts und niemand etwas anhaben. Wir stehen in seinem Arbeitszimmer, der Calabretta und ich, ein richtiges Herrenzimmer ist das, so was hab ich ewig nicht gesehen, mit dunkler Schrankwand, klobigem Schreibtisch und dunkelgrünen Teppichen über den braun lackierten Holzdielen. Auf seinem Schreibtisch steht eine dieser antiken, grün-goldenen Bibliothekslampen, daneben eine Kiste Zigarren. Frau Schubert, ich weiß, dass es sie mal gegeben hat, muss schon vor langer Zeit ausgezogen sein, an eine Frau erinnert hier nichts mehr.
Keiner von uns lässt ein Wort über die Teenienuttensache fallen, das ist nicht mehr nötig. Schubert ist nicht blöd, der weiß, dass wir dahinterstecken. Er fängt an, sich eine Zigarre zurechtzuschneiden, und sieht uns an.
»Was wollen Sie von mir, Frau Riley?«
»Wir haben schlechte Nachrichten«, sage ich. »Ihr alter Freund Trauwald Oenninger ist tot.«
Er schluckt schwer, als hätte er einen Backstein im Hals. Dann fangen die Adern an seinen Schläfen an zu pochen. Er legt die Zigarre weg.
»Er hat sich erhängt, an einem Gebäude in der HafenCity«, sage ich. »Können Sie sich vorstellen, warum er das getan hat?«
Schubert sieht aus dem Fenster, soweit die dicken dunkelgrünen Vorhänge das zulassen.

»Trauwald war krank«, sagt er. »Der Krebs hat ihn erwischt. Er hätte nicht mehr lange zu leben gehabt.«
Er sieht mich regungslos an. Aha.
»Ich kann verstehen, dass er das getan hat. Ich hätte auch keine Lust, jämmerlich zu krepieren.«
Der Calabretta holt tief Luft, steckt die Hände in die Taschen seiner Lederjacke.
»Ich persönlich glaube ja nicht, dass der Senatsdirektor sich umgebracht hat«, sagt er. »Ich glaube, dass da jemand nachgeholfen hat. Und wir wissen alle, wer das gewesen sein könnte, Herr Schubert.«
»Sie sind taktlos, Herr Calabretta«, sagt Schubert.
»Und Sie sind vielleicht der Nächste, Herr Schubert«, sagt der Calabretta. »Ich bitte Sie dringend, uns zu sagen, was Sie über Oenningers Geschäfte mit Gjergj Malaj wissen, damit wir diesem Mann endlich mal in die Parade fahren können. Dass Oenninger mit ihm Geschäfte gemacht hat, wissen wir, und wir wissen auch, dass Sie ihm dabei geholfen haben.«
Schubert fängt aufs Neue an, seine Zigarre klarzumachen.
»Sie sind immer noch Staatsanwalt, Herr Schubert«, sage ich, »Sie müssen auf unserer Seite sein.«
»Das ist eine Frage der Ehre«, sagt der Calabretta.
Schubert zündet sich seine Zigarre an. Das dauert.
»Ehre«, sagt er dann, »was wissen Sie beide schon von Ehre?«
Ich lege dem Calabretta meine Hand auf den Unterarm. Ich sehe ihm an, dass es in ihm hochrauscht und er kurz davor ist, Schubert eine reinzuhauen.

»Es ist eine Frage der Ehre«, sagt Schubert, »dass ich einem alten Kameraden aus Studientagen helfe, wenn er mich um Hilfe bittet.«
Er bläst den Rauch seiner Zigarre in Richtung unserer Gesichter.
»Mehr habe ich nicht getan«, sagt er. »Ich habe lediglich versucht, meinen Freund vor Unglück zu bewahren. Das mag juristisch angreifbar sein, moralisch mache ich mir keine Vorwürfe.«
Er saugt an seiner Zigarre.
»Ich erwarte nicht, dass Sie das verstehen.«
»Herr Schubert«, sage ich, »was genau wollte Oenninger von Ihnen?«
Er kuckt mich an, als wäre ich ein kleines Kind.
»Trauwald hat mich gebeten, ihn aus dem Polizistenmord rauszuhalten. Mit dem er selbstverständlich nichts zu tun hatte. Er war nur, na ja, sagen wir mal, darin verwickelt.«
»Inwiefern?«, fragt der Calabretta.
Schubert presst die Lippen aufeinander.
»Inwiefern, Herr Schubert!?!«
Hui. So hab ich meinen temperamentvollen Kollegen aber schon lange nicht mehr schreien gehört.
Schubert zieht die Augenbrauen hoch.
»Ich weiß es nicht«, sagt er.
Das ist natürlich Bullshit. Aber: Er wird es uns nicht sagen. Das sehe ich ihm an seiner grauen Nasenspitze an.
Der Calabretta fährt ein bisschen runter.
»Was wissen Sie über seine Geschäfte mit Malaj?«

»Nichts«, sagt Schubert, und das glaube ich ihm sogar. Er wird nicht so blöd gewesen sein, sich davon großartig was erzählen zu lassen. »Ich weiß nur, dass es kaum einen direkten Kontakt gab. Das lief fast alles über eine Verbindungsperson.«

»Dr. Henning Sackmann?«, frage ich.

Schubert nickt.

»Sackmann hat das geregelt. Wissen Sie, Trauwald ist da unglücklich reingerasselt. Er hatte ein paar Jahre lang gerne mit sehr jungen Frauen zu tun …«

»Zu jungen Frauen?«, fragt der Calabretta.

Schubert reagiert nicht und redet weiter.

»Henning hat mit uns studiert. Wir hatten uns jahrelang nicht gesehen. Wir mochten ihn auch nie besonders. Er kommt aus keinem guten Stall.«

Schuberts Nase rutscht noch ein Stückchen höher.

»Plötzlich suchte er wieder den Kontakt zu Trauwald, mit den jungen Frauen im Schlepptau. Trauwald hatte sich nicht im Griff.«

Er saugt an seiner Zigarre.

»Und dann, irgendwann, hatte Henning ihn im Griff.«

»Haben Sie deshalb die Seiten über Sackmann aus der Ermittlungsakte entfernt?«, frage ich.

Schubert runzelt die Stirn und sagt:

»Frau Riley. Ich bitte Sie. Ts, ts, ts.«

»Wer hat Sackmann aus dem Weg geschafft?«, fragt der Calabretta. Er gibt sich große Mühe, Ruhe an den Tag zu legen.

»Was reden Sie denn da?«

»Sackmann ist verschwunden«, sagt der Calabretta, »und seinem Kätzchen wurde der Hals durchgeschnitten, das wissen Sie doch.« Und er schiebt hinterher: »Auch wenn sich die Berichte darüber offenbar in Luft aufgelöst haben.«

»Sackmann taucht schon wieder auf«, sagt Schubert. Das muss er jetzt sagen. Wegen der moralischen Einwandfreiheit, die er sich so schön zurechtgelegt hat.

»Sie haben Oenninger nicht zufällig gesteckt, dass Henning Sackmann mit uns zusammenarbeiten wollte?«, frage ich.

Keine Reaktion.

»Und was war das eigentlich für eine Aktion während unserer Vernehmung von Kushtim Krasniqi?«, fragt der Calabretta. »Was haben Sie ihm versprochen, falls sich schnell jemand zu dem Polizistenmord bekennt? Einstellung aller Ermittlungen?«

»Jetzt ist aber mal gut!«

Schubert schlägt mit der flachen Hand auf seine Schreibtischplatte, dabei fällt glühende Zigarrenasche auf seine Hose.

»Was … verdammt …«

Er springt auf, wischt die Asche weg, die Hose hat ein Loch. Es war eine gute Hose.

»Sehen Sie, was Sie angerichtet haben!«, schreit er, und seine Augen sprühen Gift in Richtung Calabretta.

»Sehen Sie, was *Sie* angerichtet haben?«, fragt der Calabretta und zeigt mit der Hand erst auf sein Ohr, dann auf mein Gesicht. Wir sind immer noch ordentlich ver-

sehrt, wir werden immer noch mitleidig angekuckt, wenn die Leute uns auf der Straße treffen.
»Damit habe ich nichts zu tun«, sagt Schubert und setzt sich wieder. »Aber ich erwarte nicht mehr, dass Sie mir das glauben.«
Ich erwarte, ich erwarte nicht … so ein Arschloch.
»Wissen Sie was, Herr Schubert?«
Der Calabretta hat sich nach vorne gelehnt und stützt sich auf Schuberts Schreibtisch ab.
»Sie werden sich von jetzt an keine Minute mehr sicher fühlen. Sie werden immer von der Angst gepeitscht sein, dass Gjergj Malaj vorhaben könnte, Sie zum Schweigen zu bringen. Denn ich werde persönlich dafür sorgen, dass er erfährt, was Sie wissen, auch wenn Sie mit uns nicht darüber reden wollen. Sollte sich das jemals ändern, sollte Ihre Angst vielleicht doch eines Tages zu groß werden, können Sie mich gerne kontaktieren. Bis dahin, das verspreche ich Ihnen, werden Sie meinen Atem in Ihrem Genick spüren.«
Damit ist unser Gespräch beendet, der Calabretta richtet sich auf, ruckelt seine Lederjacke zurecht, dreht sich um und geht. Ich folge ihm, ohne Schubert noch mal anzusehen.
Ein paar Minuten später sitzen wir schweigend im Auto und fahren ins Gericht, um uns da mit Richter Bruns zu treffen. Ich schaue aus dem Fenster und lasse das reiche, bitterkalte Elbvorortehamburg an mir vorüberziehen. Als wir langsam in Richtung Altona kommen, lässt der Druck in meiner Brust ein bisschen nach. Ich habe in all den Jahren, in denen ich dabei war, wenn

Menschen die Nachricht vom Tod eines Verwandten oder Freundes überbracht wurde, niemanden erlebt, der davon so ungerührt geblieben ist wie Schubert, als er erfahren hat, dass sein wahrscheinlich einziger Freund gestorben ist.
Ich wünsche diesem Mann, dass er eines Tages in der Hölle verreckt.

☆

»Nichts«, sagt Richter Bruns und fährt sich mit den Händen übers Gesicht, »wir haben nichts mehr, was weitere Ermittlungen rechtfertigt.«
Nüchtern betrachtet, hat er recht. Dem geständigen Polizistenmörder Hajrullah Terpani wird der Prozess gemacht werden. Oenninger ist tot, Sackmann vermutlich auch, weiß der Himmel, was mit dem passiert ist. Bei Oenninger sprechen alle Spuren, die die KTU noch finden konnte, für Selbstmord, auch wenn der Calabretta da ganz anderer Auffassung ist. Oberstaatsanwalt Schubert wird jetzt erst mal von der Presse durchs Dorf getrieben, und dann wird ziemlich bald ein Disziplinarverfahren eröffnet und gegen ihn ermittelt werden. Vielleicht gehen die Ermittlungen danach noch mal an uns, aber im Moment ist hier offiziell Endstation.
Und gegen Gjergj Malaj haben wir wieder mal nichts in der Hand. Weil keiner redet oder mehr reden kann.

»Aber der soll wissen, dass wir Schubert im Auge haben und damit auch ihn«, sagt der Calabretta brummig. »Es sei denn, er lässt Schubert umlegen.«
Bruns schüttelt den Kopf und sagt:
»Hören Sie auf mit dem Scheiß. Sie sind ja schon zwanghaft.«

XIV.

Das kalte Herz

★ ★ ★

Es ist verdammt lange her, dass ich ohne Carla beim Fußball war. Sie fehlt mir, und das nicht nur in diesem Moment, da das Spiel anfängt. Sie fehlt mir, seit sie am Dienstag zusammen mit Rocco auf dieses blöde Containerschiff nach New York gestiegen ist. Eine Schnapsidee von Klatsche, die beiden so lange wegzuschicken. Jetzt steh ich hier, trinke alleine mein Bier und rauche alleine meine Zigaretten, und als die Spieler zu den Höllenglocken von AC/DC aus ihrem Tunnel gerannt kommen, bin ich so schüchtern, dass ich nicht mal jubeln kann. Ich komme mir vor, als wäre ich zum ersten Mal hier.

Und das bleibt auch so.

Am Ende hat der FC Sankt Pauli eins zu null gewonnen, während ich die ganze Zeit auf eine merkwürdige Art in der Ecke stand und heimlich Fingernägel gekaut habe.

Ich verschwinde mit dem Abpfiff, ich bin raus aus dem Stadion, bevor die Massen kommen und zu ihrem Marsch durch die Straßen blasen, ich sehe zu, dass ich nach Hause komme, und dort setze ich mich dann auf meinen Balkon, schaue dem warmen Regen zu und rauche weiter Zigaretten.

Das war er dann also, der letzte Spieltag. Gemischte Saison. Ein bisschen was gewonnen, aber auch viel verloren. Im August, wenn die nächste Runde losgeht, sollten wir besser aufgestellt sein.

Und wie ich da so sitze und rauche, ruft mich Naima an.

»Hey«, sage ich.

»Hallo«, sagt sie. »Störe ich dich?«

»Nein, du störst nicht. Wie geht's dir?«

»Nicht gut«, sagt sie. Ich kann an ihrer Stimme hören, dass sie geweint hat.

»Brauchst du Hilfe?«

»Nein«, sagt sie. »Ich will mich nur von dir verabschieden. Wir kennen uns kaum, aber du sollst wissen, dass ich weggehe. Ich hab meine Koffer gepackt, das Taxi steht vor der Tür, in zwei Stunden geht mein Flug nach Paris. Wenn Gjergj heute Abend nach Hause kommt, bin ich nicht mehr hier.«

»Du verlässt deinen Mann?«

Erst antwortet sie nicht, dann sagt sie:

»Ich gehe zurück nach Marokko. Morgen früh bin ich da.«

Sie verlässt ihn. Sie drückt es nur anders aus.

»Und … ich wollte nur noch sagen, dass es schön war, mit dir am Wasser zu sitzen … und … wenn mir was passiert …«

Sie spricht nicht weiter.
»Pass auf dich auf, Naima.«
»Pass du auf dich auf.«
»Ich bin ein großes Mädchen«, sage ich. »Grüß mir den Atlantik, den hab ich lange nicht mehr gesehen.«
»Mach ich«, sagt sie. »Also dann.«
»Also dann«, sage ich.
»Mach's gut. Bis irgendwann.«
»Ja«, sage ich, »bis irgendwann vielleicht.«
Dann legt sie auf.
Ich lasse ihr noch eine halbe Stunde Zeit, dann rufe ich mir ein Taxi und fahre zum Haus von Gjergj Malaj.

☆

Ich stand hier schon mal, vor Jahren. Da war der Faller noch im Dienst und der Albaner gerade in sein neues Haus gezogen. Da sind wir noch davon ausgegangen, dass wir die Katzen sind und er die Maus. Seitdem ist eine Menge passiert. Inzwischen wissen wir, dass wir es mit einem Raubtier zu tun haben, das wir vermutlich niemals an die Kette legen können.
Er ist da.
Aus seiner Bauhausvilla mit den großen Fenstern schimmert Licht. Im Garten stehen ein paar Birken, ein paar Rhododendronbüsche. Er sitzt in seinem Arbeitszimmer, in einem großen Ledersessel, im gedämpften Licht. Im Wohnzimmer brennt auch eine Lampe, aber

da ist keiner. Im ganzen Hause ist keiner, außer ihm. Er trägt einen hellen Anzug, die dunklen Haare sind akkurat geschnitten und gescheitelt. Er hat das Kinn auf die Hand gestützt und schaut die Wand an. Die Fenster sind geschlossen. Das Vogelgezwitscher bleibt draußen. Es muss sehr still sein in der Villa.
Ich trete ein Stück zurück, schiebe mich ein bisschen hinter einen Baum und zünde mir eine Zigarette an.
Du kannst so viel Macht haben, wie du willst, aber wenn du alleine auf deinem Tyrannenthron sitzt, erfriert dir das Gangsterherz.
Ich hoffe, dass es weh tut.

Ich bin die Dunkelheit.
Die Finsternis.
Die Angst höchstpersönlich.
Ein großes schwarzes Loch.
Ich kann das Licht ausmachen mit meinem Blick.
All das hat sie mir gesagt, immer wieder.
Sie wollte, dass es aufhört. Aber ich bin, wer ich bin.
Jetzt ist sie weg.

XV.

Es war Charles Bronson

★ ★ ★

Und dann, mitten in der Nacht, ruft mich Klatsche an.
»Baby«, sagt er. Er klingt gehetzt, seine sonst so gelassene Stimme hört sich an wie quer über den Tisch gespannt. »Baby, komm schnell.«
»Was ist los?«, frage ich.
»Der Calabretta dreht durch.«
»Wo?«
Ich sitze aufrecht im Bett.
»Frankie ist hier vor 'ner halben Stunde aufgetaucht ...«
»Wer ist Frankie?«, frage ich und springe aus den Federn.
»Egal jetzt! Ist 'n alter Kollege ... also, der ist hier aufgetaucht, der Calabretta saß an der Bar und hat 'n büschen was getrunken. Da fängt Frankie plötzlich an zu erzählen, dass in den *Riverkasematten* zwei Typen am

Rumprahlen sind, wegen dem Molotowcocktail beim Italiener. Dass das kein Schutzgeldscheiß gewesen sei, wie überall in der Zeitung steht. Dass das viel heißer gewesen wäre. Spezialauftrag. Und dass sie das so genau wüssten, weil sie auf dem Motorrad gesessen hätten.«

Mir klopft das Herz nicht bis zum Hals, mir klopft das Herz bis zum Fenster raus. Ich hatte den Anschlag schon weggepackt, fest verschnürt in die Tiefen der unzugänglichen Erinnerungen geschoben. Und jetzt knallt das mitten in der Nacht wieder hoch. Und der Calabretta ist in Schwierigkeiten. Ich kämpfe mich zittrig in meine Jeans, den Hörer ans Ohr geklemmt.

»Da ist unser italienischer Freund hoch von seinem Barhocker und hat sich Frankie geschnappt«, sagt Klatsche, er redet schnell und ohne Luft zu holen. »Er hat ihn am Kragen gepackt und ihn angezischt, dass er die Fresse halten soll. Frankie ist dann auch direkt in die Luft gegangen, hat dem Calabretta mit rechts eine gezogen und ihn angebrüllt, dass er das nicht ihm sagen soll, sondern den beiden Typen in den *Riverkasematten.*«

Nicht gut.

»Und das macht der jetzt auch, oder was?«

»Yo«, sagt Klatsche, »ich denke, das hat er vor.«

»Ich bin gleich auf dem Weg«, sage ich.

»Gut«, sagt Klatsche, »aber pass auf dich auf, ja? Ich schick dir Frankie da hin, der kann dir die beiden Typen zeigen, vielleicht habt ihr Glück, und der Calabretta verläuft sich in seinem Suff.«

»Okay«, sage ich, »danke.«
Dann rutsche ich in meine Schuhe und meinen Mantel, und während ich mir ein Taxi rufe, gehe ich an die kleine Schublade meines Wohnzimmerschranks, hole die Armeepistole meines Vaters raus und sehe nach, ob sie geladen ist.

☆

Als ich unten am Hafen aus dem Taxi hechte, läuft mich ein Typ über den Haufen. Kleiner als ich, auffällig drahtig, in Jeansklamotten. Der Typ schwitzt, er ist offensichtlich gerannt.
»Schuldigung!«, sagt er und holt tief Luft.
»Bist du Frankie?«, frage ich ihn.
Er nickt, sein hellbrauner Bürstenschnitt vibriert.
»Und du bist dann wohl Chastity.«
»Ja«, sage ich. »Sind die da drin?«
»Nein«, sagt er, »sind vor zwei Minuten weg. Rausgeflogen, nachdem dein Kollege erst den Laden zusammengebrüllt und dann eine Schlägerei mit den beiden Prahlgesichtern angefangen hat.«
»Scheiße.«
»Der Türsteher sagt, sie sind in die Richtung unterwegs.« Frankie zeigt zur Fischauktionshalle.
»Dann mal Abmarsch«, sage ich, und wir setzen uns in Bewegung. Rennen über die Straße und die Hafenpromenade entlang. Die Luft ist kalt und feucht und stellt

uns Wände entgegen. Frankie keucht, es ist halb zwei in der Nacht, er hat schon den Weg von der *Blauen Nacht* zur Elbe hinter sich.

»Was zur Hölle macht dein Kumpel da für einen Scheiß? Was hat der Spinner vor? Die beiden Typen sind welche von der Sorte, mit denen nicht zu spaßen ist.«

»Der Mann sieht rot«, sage ich.

»Das war Clint Eastwood, oder?«, fragt er und spuckt aufs Pflaster, während wir nebeneinander übers Pflaster sprinten.

Ich sage: »Charles Bronson. 1974.«

»Und worum geht's?«

Keuch.

»In dem Film?«

»Nein«, sagt Frankie, »bei eurer Sache hier.«

»Zu kompliziert«, sage ich. »Siehst du die drei irgendwo?«

»Vergiss es«, sagt er. »Bin kurzsichtig.«

O Mann.

Wir rennen weiter, sind schon fast an der Großen Elbstraße, und dann sehe ich was unten am Wasser, im milchigen Schimmer der Hafenlaternen. Ich sehe einen Mann, der sich in diesem Moment aus dem Wasser quält, sich umständlich an der Mauer hochhievt. Außerdem ist da ein großer Mann mit zu langem Oberkörper, der eine zu kurze Lederjacke anhat und seinen Fuß auf einem dritten Mann abstellt, der auf dem Boden liegt. Der Mann auf dem Boden ist der Calabretta.

»Verdammt«, flüstere ich und gehe hinter der Kaimauer in Deckung.
»Was?«
Frankie ist sofort mit zu Boden gerutscht.
»Die sind da unten am Wasser und haben meinen Kollegen in der Mangel.«
»Und nu?«
Ich hole die Pistole meines Vaters aus der Jeans, sie liegt schwer in meiner Hand.
»Oha«, sagt Frankie, und ich denke, damit hat er recht.
»Hau lieber ab«, sage ich.
Frankie nimmt das Angebot dankend an, auf seinem Gesicht macht sich Erleichterung breit.
»Danke«, flüstert er. »Ich will mit dem Scheiß echt nichts zu tun haben.«
Ich nicke, er bleibt gebückt und zischt an der Mauer entlang ab. Ich hole mein Telefon raus, rufe auf der Davidwache an und sage, dass ich schnell ein paar Leute brauche.
»Wir kommen«, sagt der Beamte am Telefon, »rühren Sie sich nicht vom Fleck.«
Das sagt der so. Als ich aufgelegt habe und wieder über die Kaimauer kucke, hat der Mann mit der Lederjacke eine Knarre in der Hand, und die Knarre ist auf den Kopf vom Calabretta gerichtet.
Ich atme tief durch. Ich weiß, wie man schießt, ich hab einen Waffenschein, aber ich hab so ein Ding noch nie in freier Wildbahn benutzt. Ist Staatsanwälten ja auch nicht erlaubt.
Ich rutsche wieder runter, gebe mir noch mal drei Sekunden hinter der Mauer und entsichere meine Pistole.

Atmen.
Ich muss was tun. Wenn der Typ schießt, ist der Calabretta tot. Und wenn das wirklich die beiden sind, die den Brandcocktail auf uns geschleudert haben, dann hindert den mit der Knarre vermutlich nichts daran, zu schießen.
Noch einmal tief durchatmen.
Okay.
Ich schiebe mich im Schutz der Mauer die Treppe zur Elbe runter, ich nehme ein paar parkende Autos als Deckung, ich schleiche von Stoßstange zu Stoßstange. Als ich hinter einem schwarzen Mercedes-Kombi angelangt bin, kann ich die Männer beobachten, und ich kann sie reden hören.
»Du kleines Bullenarschloch«, sagt der mit der Knarre in der Hand, »du denkst, du kannst uns hier fertigmachen und meinen Kumpel in die Elbe schmeißen? Beim nächsten Mal weniger saufen und mit Verstärkung kommen, Alter.«
Der andere Typ spuckt eine Ladung Elbwasser aus und steht schwankend auf dem Asphalt.
»Aber verdammt«, sagt der Knarrenmann, »es gibt ja gar kein nächstes Mal!«
Er lacht ein mitleidloses, kaltes Lachen, sein nasser Freund lacht mit.
Der Calabretta liegt mit dem Gesicht auf dem Boden, ich kann seine Augen nicht sehen, aber ich kann ihn atmen hören. Er hat Angst. Und weil ich den funkelnden Blick vom Knarrenmann sehen kann, weiß ich, dass diese Angst berechtigt ist.

Ich schaue nach hinten zur Straße. Ich hoffe inständig, eine Sirene zu hören, ein Blaulicht zu sehen oder wenigstens einen Streifenwagen. Aber bisher ist da nichts im Kommen. Ich richte mich auf, meine Pistole zeigt auf den Knarrenmann, der immer noch seinen rechten Fuß auf dem Kreuz vom Calabretta abgestellt hat.
»Waffe runter«, sage ich. »Oder ich schieß dir die Eier weg.«
Innerlich zittere ich wie ein Kanarienvogel im Wind, aber mein Gesicht und meine Hand sind ruhig. Das habe ich von meinem Vater. Der konnte das auch. Wenn's innen aufregend wird, außen ruhig bleiben. Macht die anderen nervös.
Der Knarrenmann kuckt mich an, als wäre ich ein Gespenst, er lässt seine Kanone tatsächlich kurz sinken, richtet sie aber dann sofort wieder auf den Calabretta.
»Wo kommt der Zombie denn plötzlich her?«, sagt der Wassermann mit hohler Stimme, hat wohl zu viel Brackwasser im Hals.
Zombie. Sehr gut. Genauso fühle ich mich.
Der Knarrenmann sagt nichts. Er sieht mich an. Zielt weiter auf meinen Freund. Und entsichert seine Waffe. Verstehe. Ein Revolverheld. Der will Duell spielen. In meinem Kopf dudelt irgendwas von Sergio Leone, aber das macht mir nichts aus, weil ich ja ein Zombie bin. Nein. Halt. Ich bin Lucky Luke. Schieße schneller als dieser blöde Schatten da drüben. Und dann: Bamm! Bamm! Bamm!
Dreimal.
Mitten in die Eier.

Der Typ schreit, lässt die Waffe fallen, bricht zusammen. Hinter mir auf der Hafenstraße höre ich die Sirenen der Kollegen aus der Davidwache.
Sie kommen.
Der Wassermann kuckt mich noch mal gehetzt an, er kann es nicht glauben, dass der Zombie sich bewegt hat, dann springt er zurück in die Elbe und verschwindet in der Dunkelheit. Soll er ruhig. Sind so manche von der Strömung gefressen worden.
Ich gehe in die Knie, meine Waffe in der Hand.
Der Calabretta ist jetzt wieder auf den Beinen, er hat sich die Knarre von dem schreienden, gekrümmten Mann neben ihm geschnappt, das Ding gesichert und eingesteckt. Er kommt auf mich zu, er geht so wackelig, wie ich mich fühle, er kniet sich zu mir auf den Boden und schlägt die Arme um mich, er hält mich fest, und ich halte ihn fest, und jetzt fange ich dann doch auch außen an zu zittern, und der Calabretta hält mich plötzlich noch fester und sagt: »Wo kamen Sie denn eigentlich her, Schießmeister Riley?«

☆

Wir lehnen an der Hafenmauer und rauchen Zigaretten. Ich habe meine Waffe abgegeben, der Calabretta die Knarre von dem Mann ohne Eier, die Kollegen von der Davidwache machen ihre Arbeit, die Spurensicherung ist da und auch ein Krankenwagen, und der Not-

arzt sagt mit einem Blick zu mir: »Auf die Beine war das aber nicht.«
Ich nehme einen großen Zug von meiner Zigarette und lege mich gehackt. Die können mich mal. Ich kann nicht mehr.
Der Calabretta kuckt finster in Richtung Elbe. Dann finster in Richtung Zombiestaatsanwältin.
»Und warum hat dieses andere Arschloch unsere Kollegen erschossen? Es ist so viel passiert, und wir wissen immer noch nicht, warum genau dieses verdammte Arschloch das getan hat.«
In seinen Augen sammeln sich ein paar Tränen, nicht viele, nur ein paar, doch die reichen, um mich seine Hand nehmen zu lassen. Der Calabretta ist ein Einzelkämpfer, und er war immer ganz gut darin, aber seit die beiden Polizisten gestorben sind, ist er aus dem Lot. Aus der grundsätzlich zerbrechlichen Balance des Solisten. Seitdem ist er furchtbar allein. Schmerzhaft allein. Und dann kam auch noch das mit dem Inceman. Der Inceman hat seinen Arm verloren und der Calabretta damit seine rechte Hand. Er hat das alles kaum noch ausgehalten, und heute Nacht hat's ihn zerrissen.
»Das weiß nur das Arschloch selbst«, sage ich. Seine Hand in meiner Hand ist kalt und trocken.
Wahrscheinlich gab es tatsächlich keinen Grund, auf unsere Kollegen zu schießen. Hajrullah Terpani war bis zur Oberkante voll mit Koks oder Speed oder weiß der Teufel, und dann ist er eben ausgeflippt, als die Polizei kam. Er sollte Malaj und Oenninger bei ihrem Treffen beschützen, sollte der große Bodyguard vom großen

Gangsterboss sein, und das war an diesem Morgen eine Nummer zu groß für ihn.
So sehe ich das. Am Ende war das Ganze vielleicht nur eine Art Versehen.
Aber das sage ich dem Calabretta jetzt nicht.

EPILOG

★ ★ ★

Juli. Es ist heiß. Seit zwei Wochen schleicht der Gestank der umgekippten Kanalisation durch die Stadt, und alle tragen von morgens bis abends Sonnenbrillen.

Ich stehe am Flughafen, auf der Besucherterrasse. Rechts von mir steht der Faller, neben dem Faller stehen der Schulle und der Brückner, links von mir Richter Bruns. Der Calabretta steht ganz vorne an dem hohen Gitter, das die Besucher davon abhalten soll, hinterherzuspringen, wenn ein geliebter Mensch davonfliegt.

»Das ist er«, sagt der Calabretta, als eine Lufhansamaschine auf die Startbahn rollt.

Es dauert noch einen Moment, dann gibt der Pilot Gummi. Der Siebzehnuhrfünfundvierzigflieger startet planmäßig nach Istanbul.

Ich halte mich am Faller fest.

DANKE:

KDD Kerstin, für den direkten Draht ins Dezernat.
Werner Löcher-Lawrence, weil es tatsächlich immer weitergeht.
Carolin Graehl, für den guten, klaren Blick.
Maren Ziegler, fürs Spaßzimmer.
Moni Neudeck, fürs Beine ausreißen.
Karenina, fürs Mitdenken und für die Kaffeepausen unter Bäumen.
Anne und Alina, für die Ruhe.
Romy und Wilhelm, für die Stand-up-Hilfe.
Domenico und Rocco, in Liebe.